浙江

地势坤，君子以厚德载物。

蒙曼品最美唐诗

人生五味

蒙曼 著

浙江人民出版社

五味人生五味诗

　　诗是人写的，也是写给人的。人的一生，从纵向看，是四季；从横向看，是五情。四季是什么？春夏秋冬，对应着人生，就是少年、青年、中年和老年。五情是什么？喜怒哀乐怨，对应着人心，就是那些回环往复、起伏不定的心情。

　　《红楼梦》第二十八回有一段特别有趣的文字。终日和宝姐姐林妹妹痴缠的宝玉被贵公子冯紫英请出来，和呆霸王薛蟠、俊小生蒋玉菡以及锦香院的妓女云儿一起吃花酒。滥饮无趣，宝玉提了一个酒令。这酒令听着就新鲜：要说悲、愁、喜、乐四字，又要说出女儿来，还要注明这四个字和女儿之间的关系。这个酒令可真复杂，宝玉自然要先示范一下。他说的是："女儿悲，青春已大守空闺。女儿愁，悔教夫婿觅封侯。女儿喜，对镜晨妆颜色美。女儿乐，秋千架上春衫薄。"想想看，这悲愁喜乐的心情，不是和我们说的喜怒哀乐怨如出一辙吗？何况，宝玉还恰如其分地引用了一句现成的唐诗："悔教夫婿觅封侯。"

事实上，唐诗之美，正在于有情。这情里头，有酣畅之喜："却看妻子愁何在，漫卷诗书喜欲狂。"忧国忧民的老杜，看到国家复兴有望，也一改平日的沉郁，变得轻狂如少年："白日放歌须纵酒，青春作伴好还乡。"所谓家国有庆，欣喜若狂，读诗至此，谁人不感同身受呢？

这情里头，也有雷霆之怒。谁都知道战争的残酷，"相看白刃血纷纷，死节从来岂顾勋"的牺牲不令人愤怒；"晓战随金鼓，宵眠抱玉鞍"的辛劳也不令人愤怒；但是，"战士军前半死生，美人帐下犹歌舞"的腐败、漠视与不公却十足令人愤怒。当年，唐雎以布衣之怒，伏尸二人，流血五步来对抗秦昭王的天子之怒，伏尸百万，流血千里。唐雎赢了，因为他代表的是正义之怒。正义可以推迟，但正义永远不会退场。

喜和怒都是直接而又强烈的感情，但哀不是。哀是那样绵长，却又那样隐曲，仿佛眼角的泪痕、镜里的秋霜，更适合留在心头，而不是挂在嘴边。但是，唐诗是那么善于表达这种幽微的境界："夕阳无限好，只是近黄昏。"落日熔金，古原如醉。这夕阳西下的风景如此美好，只不过黄昏已经逼近，而一入黄昏，也就万象俱灭了！美景转瞬即逝，人生不也如白驹过隙？推而广之，这大唐，这地球，这宇宙，又何尝不是如露亦如电！面对斯景斯情，一种无法言说却又铺天盖地的惆怅出现了，它并不大开大合、荡气回肠，但是，却缭绕盘旋、低回不已。人的心灵，因此变得细腻了。

乐又是什么样的心情呢？粗略地说，乐就是小巧、轻快而短暂的喜。拿贾宝玉的酒令来举例子，"对镜晨妆颜色美"是喜，而"秋千架上春衫薄"则是乐。自然，少女的青春美貌也短暂，但无论如何，它也要比荡一次秋千的快乐来得更长久，也更重要些。那用唐诗来解释呢？"洞房昨夜停红烛，待晓堂前拜舅姑"是喜吧？这可不是一般的喜，它基本上是古代的女子一生中最重大的喜事。而"逢郎欲语低头笑，碧玉搔头落水中"则是乐。看到了，害羞了，簪子掉了，脸上却笑了。这是一瞬间的小美好，却又像电影画面一样定格在心里。到老奶奶七八十岁的时候，这画面还会闪回：你看老奶奶坐在门口晒太阳，晒着晒着，忽然笑了，别去她周围找原因，她笑，是因为在她心底，那艘小船又来了，那根簪子又掉了。

最后说说怨吧。怨是一种节制了的怒。我们传统的儒家哲学讲中庸，美学则讲"怨而不怒，哀而不伤"，都是一种节制主义。这种节制，在诗里就显得格外蕴藉。蕴藉到什么程度呢？"玉阶生白露，夜久侵罗袜。却下水晶帘，玲珑望秋月。"这深宫的女子，枯坐在寝殿的台阶上，她对君主怀抱着爱和希望，所以她只是痴痴地望着月亮，盼他来，怨他不来，却不会恨他，也从没想过要离开他。同样，这写诗的男子，困顿在不如意的现实中，他对理想怀抱着爱和希望，所以他也痴痴地望着月亮，盼这理想实现，怨这理想未能实现，却不恨这理想，更从未想过要抛弃理想。她的情和他的情都是怨，她的心和他的心，都像水晶一样剔透玲珑。我们无法知道那个望月的女子是谁，但我们知道，那个写诗的男子，名字叫作李白。他属于大唐，更属于诗歌。

人有五情，人就活着。诗有五情，诗就永恒。

喜

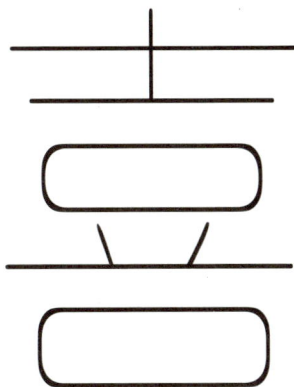

中国有人生四大喜的说法，讲的是："久旱逢甘雨，他乡遇故知。洞房花烛夜，金榜题名时。"这四大喜中，除了"久旱逢甘雨"讲天时，反映农耕民族的经济底色外，其他三喜都是在讲人生际遇。古往今来，人总需要承担起属于自己的社会责任吧？第一份责任在人伦，所以有洞房花烛之喜；第二份责任在事业，所以有金榜题名之喜。履行责任哪能不承受苦难呢？为国为家辗转奔波、背井离乡之际，人会格外渴望情感的慰藉，所以又有他乡遇故知之喜。唐诗中的喜，大体也就体现在这些主题上。只是，诗人的心是敏感而丰富的，他们的喜，绝不单单是喜上眉梢、喜不自胜，也会有回嗔作喜、悲喜交加。

（邂逅初恋）

崔颢《长干行》（二首）

　　《诗经》的第一首叫《关雎》。"关关雎鸠，在河之洲。窈窕淑女，君子好逑。"好多人认为是爱情歌曲，也有学者认为是婚庆歌曲。无论如何，人生五伦以夫妇之伦为首，有夫妇而后有父子，有父子而后有君臣。夫妇之礼至为重要，所以《关雎》才能成为《诗经》的首篇。我们这本书，也沿袭着《诗经》的思路，以婚姻之喜为先。只不过，按照现代人的观念，结婚必须以恋爱为先导，初恋的喜悦感，虽然没有结婚那样浓烈，却更加清纯如水，隽永如诗。

长干行（二首）

崔颢

君家何处住，妾住在横塘。

停船暂借问，或恐是同乡。

家临九江水，来去九江侧。

同是长干人，生小不相识。

长干行：乐府曲名。是长干里一带的民歌，长干里在今江苏省南京市。

借问：请问，向人询问。

或恐：也许。一作"或可"。

九江：原指长江浔阳一段，此泛指长江。

喜

《长干行》本来是民歌。魏晋南北朝的时候，因为少数民族入主中原，汉人南迁，中国的民歌发展也就分成了南北两个系统，北方民歌深受少数民族影响，质朴粗犷，带着白马秋风的肃杀与豁达，比如传唱至今的《敕勒歌》；南方民歌则温婉细腻，以刻画爱情见长，带着杏花春雨的滋润与芬芳。《长干行》就是典型的江南民歌，后来又成了乐府的题目，用这个题目写出来的诗一般都是绝句，短小轻灵，诉说着船家儿女的生活和情思。

到了唐朝，诗人对这些乐府旧题加以提炼升华，写出了真正的精品。崔颢的《长干行》就是其中之一。它本来是一组诗，一共四首，《唐诗三百首》选了其中的前两首。这两首诗，其实就是两段对话，每首四句话、20 个字，加起来 40 个字，但它解决了一个古往今来的世界性难题——爱情。而且解决得既天真又含蓄，直抒胸臆却又意在言外，充满着中国人的情趣。先看第一首：

君家何处住，妾住在横塘。停船暂借问，或恐是同乡。

这是谁在说话？船家女。因为她自称为妾。跟谁说话呢？跟一个小伙子，因为她称对方为君。说什么呢？这四句话不用翻译，读者也都能理解吧：这位大哥，请问您家是哪儿的呀？我是横塘人。之所以停下船来冒昧地问您，是因为刚才听您说话，感觉口音像是同乡呢。

简单吧？可是细细想来，又不简单。我们可以脑补一下当时的场景。一个本应该深藏闺中的小姑娘，却驾着船在滚滚长江上东奔西走讨生活，多不容易啊。忽然听见后面的船上传来家乡的口音，该是何等亲切、何等惊喜！所以赶紧停了船，回头就问："君家何处住，妾住在横塘。"到这里完全是老乡见老乡，两眼泪汪汪的情感。想都没想，劈头就问，问完还主动告知自己的住址，这就是小姑娘的率真。可是，这两句话脱口而出之后，小姑娘忽然觉得不太合适了。自己毕竟是个姑娘，而对方又是一个小伙子，自己这么主动搭讪，还跟人家说家庭住址，是不是不太好呀？她觉得自己欠考虑，有点害羞了。怎么办呢？小姑娘非常机灵，赶紧找补，所以后两句话随之而来："停船暂借问，或恐是同乡。"哎哟，你可别误会呀，我停下船来问你，是因为刚才听到你说话，感觉口音像是老乡呢。这是干什么呀？这是给自己找理由、做解释。我可不是个见人就乱搭讪的轻浮女子，我也不是看上你了，我只是听见你的口音觉得亲切，我只是想认个老乡而已。这是给自己洗白呢：你别多想，因为我就没多想。

那么，这个小姑娘真的完全是心无杂念，只想认个老乡吗？又不尽然。小姑娘开头说"君家何处住，妾住在横塘"的时候，大概确实是心无杂念。但是这两句话说出口的同时，她也看到了后面船家那个浓眉大眼的小伙子，这个小伙子一定不讨厌，事实上很可能还挺讨人喜欢，所以小姑娘才会瞬间产生了羞涩感，一定要给自己刚才脱口而出的问题找一个冠冕堂皇的理由。找理由这个举动本身，就说明小姑娘动心了。否则，问了也就问了，误会也就误会，萍水相逢，谁会管那么多呢！这一首诗，到此为止就结束了，仅仅 20 个字，小姑娘的率真、小姑娘的聪慧、小姑娘的羞涩和小姑娘的春心萌动全都表现出来了，如见其人，如闻其声。

民歌不经常是男女对唱吗？姑娘既然先开了腔，接下来该轮到小伙子回答了。他说什么呢？

家临九江水，来去九江侧。同是长干人，生小不相识。

这也好理解：我家就住在长江边上，每天都在长江上来来往往。你是长干人，我也是长干人，可是我从小跑船，在家的时候少，我还真是不认识你呢。

在这儿，得先解释一下横塘、长干和九江的关系。横塘在哪儿呢？横塘是一座河堤的名字，是当年三国时期吴国孙权所修，就在如今南京市秦淮河的南岸。而长干则是因为孙权修堤坝、建市场而繁荣起来的一片区域，位置在秦淮河到雨花台之间。所以横塘和长干，其实是一个地方。长干范围大一点儿，横塘范围小一点儿，所以两个人确实可以攀老乡。

那九江又是怎么回事呢？这个九江并非今天江西省的九江市，唐朝的时候，九江还叫江州呢，就是白居易《琵琶行》里"江州司马青衫湿"那个江州，下设浔阳县，所以又说"浔阳江头夜送客"。这首诗里的九江，不在江西，而是泛指长江。横塘也罢，长干也罢，都在长江的下游，诗里的小伙子，就住在长江边上，只是作为船家儿女，每天在江上漂泊，很少上岸罢了。

解释完诗句，该分析一下小伙子的性格了。这个小伙子真是老实厚道。人家问"君家何处住"，他就答"家临九江水，来去九江侧"。人家说"或恐是同乡"，他就答"同是长干人"。到这里已经确认了，两人确实是老乡，那接下去怎么说呢？可以想象，一个聪明灵秀的小姑娘主动搭讪，这个小伙子高兴不高兴？他当然是高兴的，而且都攀上老乡了，接下来，小伙子何妨摇唇鼓舌，把这层关系再往亲密里发展一步呢？可是这个小伙子真是个老实人，他说到这里，不知道怎么接下去了，干脆说了一句大实话，"生小不相识"。虽然是老乡，但是我还真是不认识你。这小伙子是不是太不会聊天呀？其实也不能这么说。一句"生小不相识"，平淡归平淡，但是，也恰如其分地把小伙子的感情表达出来了，

喜

什么感情呢？相见恨晚。可惜咱们小的时候不认识，可惜我没有跟你青梅竹马的机会。这句大实话说明什么问题呢？说明我是如此喜欢现在的你，所以，才会相见恨晚，才会遗憾"生小不相识"呀！

这两个人，像不像金庸先生笔下的靖哥哥和蓉儿？蓉儿天真又机灵，恰似这个主动搭讪，还能自圆其说的船家女；而靖哥哥老实且憨厚，恰似这个明明喜欢对方，却不知道怎么接话的船家少年。感情就是要互补才好，就像憨厚的郭靖最终能和机灵的黄蓉神雕侠侣一样，这一对船家儿女也许就会因为这次搭讪而并船同归，这就是《诗经·野有蔓草》里所说的"邂逅相遇，适我愿兮"，也是《诗经·风雨》里所说的"既见君子，云胡不喜"。

两首诗下来，一女一男，一问一答，似有意而无意，似无意而有意，完全是一片白描，却又神行天下，这才是真正的天籁之音。

诗写得这么好，背后的诗人又是何许人呢？这首诗的作者是崔颢，少年的时候恃才傲物、为人轻薄，对美女见一个，爱一个；娶一个，丢一个。在唐朝那样的年代里能离四五次婚，可谓文人无行。但是后来经历仕途的磨难，特别是到东北边塞去了一趟之后，诗风大变，风骨与风流并存。一首《黄鹤楼》，甚至让诗仙李白为之搁笔。想来，李白喜欢崔颢，大概也是因为他这种自然而然，看似信手拈来，其实笔力千钧的风流吧。

参差荇菜，左右流之。窈窕淑女，寤寐求之。

朱庆馀《近试上张水部》

（新婚燕尔）

一场邂逅，应该走向婚姻，才算完美。我们之前不是讲过人生四大喜吗："久旱逢甘雨，他乡遇故知。洞房花烛夜，金榜题名时。"想想看，若是"洞房花烛夜"和"金榜题名时"能够关联到一起，该有多美！朱庆馀这首《近试上张水部》就是如此，满纸说的都是洞房花烛夜，脑子里想的，却是金榜题名时。

近试上张水部

朱庆馀

洞房昨夜停红烛，待晓堂前拜舅姑。

妆罢低声问夫婿，画眉深浅入时无。

水部：水部司，官署名。隋朝始置，为工部所属四司之一。当时张籍任水部员外郎。

停红烛：让红烛通宵点着。停：留置。

舅姑：公婆。

入时无：是否时髦。这里借喻文章是否合适。

　　唐诗刻画新娘子，佳作不少。李白的《长干行》，是"低头向暗壁，千唤不一回"，十足娇羞脉脉。王建的《新嫁娘词》，是"未谙姑食性，先遣小姑尝"，真是人情练达。而既娇羞，又练达的，则是朱庆馀这首《近试上张水部》，写得风流旖旎，余音绕梁。

　　先看前两句："洞房昨夜停红烛，待晓堂前拜舅姑。"所谓停，是放置的意思；舅姑，在古代指公公婆婆。翻译过来就是说，昨晚洞房花烛彻夜通明，今天天还没亮，新娘子就梳洗打扮，等着到堂前拜见公婆了。这是在讲什么？讲唐朝的婚礼习俗。我们今天的结婚仪式都比较简单，一般在婚礼现场就直接举行三拜之礼，一拜天地，二拜高堂，然后夫妻对拜，送入洞房，就算大功告成了。但在唐朝，完成一桩婚礼远比这复杂，要经过六礼、谒舅姑和庙见三个重要环节。所谓六礼，就是纳彩、问名、纳吉、纳征、请期、亲迎这六个步骤，从提亲开始，直到婚礼当天，新郎把新娘接回家。这些环节很复杂了吧？但这还只是完成了成妻之礼，也就是说，新娘从此成了新郎的妻子。

　　到第二天早晨，新娘还要行谒舅姑之礼，正式拜见公婆。只有经过这个仪式，新娘子才被接纳为这一家的儿媳妇，有了家庭身份。而庙见则是在结婚三个月之内，再选一个日子，率新娘到夫家的宗庙祭拜祖宗。表示这桩婚姻得到了祖宗的同意。谒舅姑和庙见共同组成成妇之礼。成妇之礼完成，新娘子的身份才最终确定下来，成为夫家的正式一员。

　　试想一下，在现实生活中，谒舅姑和庙见哪个更重要？当然是谒舅姑重要。毕竟祖宗的神灵没办法直接表态，而舅姑满意与否，则直接决定了新娘子未来的处境。因为在中国古代，新娘嫁给新郎，是要进入丈夫的家庭，她以后能否在这个家庭幸福地生活下去，不仅仅取决于丈夫的喜爱，更取决于公婆的好恶。我们不是知道太多这样的悲剧吗？焦仲卿很喜欢刘兰芝，但是焦母不容，两个人就只好"孔雀东南飞"。同样，陆游也深爱唐婉，但是陆游的母亲不喜欢，两个人也只能是"一怀愁绪，几年离索，错错错"！中国历来提倡孝道，丈夫是晚辈，在家里的地位远不及公婆，所以公婆的认可对新娘子尤为重要。有了这个前提，再来看这两句诗："洞房昨夜停红烛，待晓堂前拜舅姑。"是不是就能读出一点紧张感了？新娘子天不亮就起来了，眼巴巴地看着还在燃烧的红蜡烛，就等着时间一到，马上去拜见公婆。是不是有点枕戈待旦的感觉？想想看，她心里多紧张，多期待自己能给公婆留下一个好印象啊。怎样才能留下好印象呢？嫁妆已经送过来了，家务还没开始做，这时候还能干点儿什么呢？

　　看后两句："妆罢低声问夫婿，画眉深浅入时无。"哪个时代都是看脸的，在这种情况下，也只能是精心化妆，把自己尽量打扮漂亮一点儿了！怎么打扮呢？唐代最重视眉妆，有鸳鸯眉、小山眉、五岳眉、垂珠眉等几十种画法，新娘子精描细画之后，还不放心，还要低低地问一声身旁的丈夫：你看我这眉毛画得是深是浅，可还时髦？这就是"妆罢低声问夫婿，画眉深浅入时无"。这两句诗，真漂亮。漂亮在哪儿？一个动作——画眉，一个声音——低声，一个问句——入时无？这三处写得最好。画眉为什么好？用画眉来代指女子化妆，不仅仅是因为唐朝重视画眉，更因为有汉朝京兆尹张敞给妻子画眉的典故，所以画眉还代指夫妻恩爱。这首诗还有另一个题目，叫《闺意献张水部》，这一笔画眉，马上闺意就出来了，这是画眉的好处。那低声的好处在哪儿呢？低声是写新娘子的羞涩。李白《长干行》刻画新娘子，不是"低头向暗壁，千唤不一回"吗？低头也罢，低声也罢，都是精雕细刻，入情入理，写尽了新娘子的娇羞之美。而且这一低声，还让这一问显得更加私密。目前，在这个新家里，你是我唯一的亲人，我可不是随意问人，我只问你，你觉得我的眉毛可还时髦？再说"入时无"。这三个字最好，最微妙，是全诗的灵魂。微妙在哪儿呢？什么叫入时，什么叫不入时，还不是看个人的喜好？公婆若喜欢淡妆，淡眉就是时髦；公婆若喜欢浓妆，浓眉才是时髦。你怎么知道这家的公婆，是偏保守还是偏时尚？新娘子无从知晓，当然要问问丈夫，征求一下丈夫的意见，这是一层意思。但是，新娘子真的是在一本正经地征求意见吗？又不尽然吧？其实，新娘子对自己已经挺满意了，她觉得自己很美，很讨人喜欢。但是，尽管如此，她还需要丈夫再帮她确认一下，鼓励一下她。所以，这一问，又有点儿像现在那句俏皮话：你是喜欢我，还是喜欢我，还是喜欢我？带着点撒娇的意味。不许你说不，但偏偏还要问，这也是闺意呀。仔细想想，是不是风流旖旎、风情万种？

　　前文写过，这首诗兼具娇羞与练达，娇羞讲清楚了，练达又在哪里呢？在待晓堂前的"待"、妆罢的"妆"与问夫婿的"问"。"待"是等待，这是新娘子懂事。没有哪家公婆喜欢懒媳妇，若是日上三竿新娘子还不起床，第一印象可就要大打折扣。可是，这个新娘子是懂事的，她不会等红日东升，更不会让公婆先到，她早早地就等在堂前，真是个讲规矩、懂事理的好媳妇！"妆"是梳妆，这不光是讲新娘子爱美，更是讲新娘子郑重。中国古代对女性有德言容功四项要求，所谓容，就是"盥浣尘秽，服饰鲜洁"。《孔雀东南飞》中塑造的好媳妇刘兰芝，哪怕是要离开夫家了，不也还是"鸡鸣外欲曙，新妇起严妆"吗？这是新娘子自尊自重，更是新娘子郑重其事，如此郑重其事，不正表明对夫家的尊重吗？"问"是询问，这意味着新娘子知礼。梳妆完毕，征求夫婿的意见，这不仅仅是撒娇，更是新娘子谦恭有礼，在丈夫面前凡事必商必议，不敢自专。这些德行，都是当时对媳妇的要求，这个新娘子从从容容就做到了，做得顺理成章，这不是和"未谙姑食性，先遣小姑尝"一样人情练达，充满着生活的智慧吗？

练达而娇羞的新娘子，喜气洋洋的场景，温情脉脉的闺意，写尽了新婚的喜悦。问题是，这首诗真的就是在写新婚之喜吗？其实又不是。这首诗的背后有故事。什么故事呢？从诗题《近试上张水部》就能略知一二。所谓"近试上张水部"，就是快考试了，给水部员外郎张籍写的诗。这里的考试，自然是指科举考试，在唐朝归礼部主管。而水部员外郎是主管水利的官员。一个水部员外郎，跟科举考试有什么关系，为什么考生朱庆馀在考试之前要给他写诗呢？这就需要了解一下唐朝科举考试的方式了。

唐朝的科举跟今天的高考不一样，它不是一考定终身，而是要参考平时成绩。而且，还要根据举子们的平时成绩制作一个榜单，给一个预先的排名，这个榜单就叫"通榜"。录取的时候，参考通榜和临场发挥，最终决定录取的人选。通榜的排名又是谁定的呢？理论上当然是由主考官定夺，但是，但凡社会贤达、文化名人都可以向主考官推荐自己心中的人选。比如韩愈就是文人的知心朋友，推荐过孟郊、贾岛等好多诗人，诗题中的水部员外郎张籍当年也是承蒙他的推荐，才得以进士及第。两个人因此还形成了亦师亦友的关系，广为人知的"天街小雨润如酥"不就是韩愈写给张籍的吗？

因为有这种通榜的制度，所以举子们在考试前都拼命结交社会名流，希望得到他们的赞许。问题是，虽然有的举子早已名满天下，自带光环，但大多数考生还是默默无闻的后生小辈，怎样才能让名流们了解自己呢？这就催生出唐朝科举考试的另外一个风俗，叫"行卷"。所谓行卷，就是参加考试的举子们把自己平时写的诗文精心编辑，写成卷轴，呈现给文坛前辈，求了解，求推荐。因为行卷意义重大，所以，凡是入选的诗文都是举子们的得意之作，务必要给人留下深刻印象。可是，行卷的举子那么多，让人留下深刻印象也并不容易。怎么办呢？到唐中后期，举子们为了吸引社会贤达的目光，不光写诗写文，干脆改讲传奇故事了，写俊男靓女的悲欢离合，在中间穿插诗文和议论，一篇文章里要有叙有议、有情有理，这不是更好看，也更能展现自己全方位的才华吗？有学者认为，唐传奇就是这么发展起来的。可是，即便如此，举子们还是不放心。毕竟社会贤达事情多，就算当时看了我的文章觉得好，过几天又把我忘了怎么办？于是，举子们又创造出一种习俗，叫"温卷"。就是行卷之后过几天，快考试之前，再给前辈写一首诗，加深一下印象。朱庆馀这首《近试上张水部》，就是这样一篇温卷之作。

诗写得真好，但问题也来了。朱庆馀是考生，张籍是社会贤达，一个考生，在考试之前不表雄心壮志，不秀知识储备，写这样一篇新嫁娘的闺意算什么呢？其实，这首诗妙就妙在这里。它可不仅仅是闺意，而是一语双关，一箭双雕。中国从《楚辞》开始，就有拿男女关系比喻君臣关系、上下级关系的传统。举子参加考试，和年轻姑娘出嫁一样，都是终身大事。考生面对主考官的心情，也正如新娘子见公婆，有紧张，又有期待！这个时候，多需要有贵人的鼓励和加持！所以朱庆馀究竟是在写什么？他其实是在模拟自己考完试，交完卷的心情啊。

什么是"洞房昨夜停红烛"？那就是我昨天已经参加完考试，已经交了卷子了。什么是"待晓堂前拜舅姑"？就是我只等主考官的宣判了。什么是"妆罢低声问夫婿，画眉深浅入时无"？那就是我已经尽力发挥了，现在只想问问我最信任的您，张籍老前辈，您觉得我写得好不好，是否符合主考官的口味呢？在这首诗里，他自比新娘，把张籍比成了亲爱的丈夫，又把主考官比成威严的公婆，还把精心完成的考卷比成新娘精心描画的眉毛。这些比喻多巧妙呀，态度谦恭而又不失身价。我觉得自己已经够美了，张籍老师，您觉得呢？冠盖满京华，我只认得您，您会在主考官面前替我美言几句吗？

这不是一首闺意诗，这分明就是打探情报求点赞的诗啊。通篇都在关心考试，却又通篇不写一句跟考试相关的话，谁也挑不出毛病，还一切尽在不言中。这才是大唐的考生，大唐的才子。那么，朱庆馀的一番心情，张籍是否体会到了呢？

桃之夭夭，灼灼其华。

张籍《酬朱庆馀》

（金榜题名）

前一篇，考生朱庆馀借着新婚之喜写尽了金榜之盼，那么社会贤达张籍能否体会他这番苦心，又是否会成全他这番苦意，给他一个甜蜜的结果呢？

酬朱庆馀

张籍

越女新妆出镜心，自知明艳更沉吟。

齐纨未足时人贵，一曲菱歌敌万金。

出镜心：出现在镜湖波心，一说指出现任明镜中，意即揽镜自照。

齐纨（wán）：齐地出产的细绢。

菱歌：采菱所唱的歌。

敌：通"抵"，比得上。

考试之前，考生朱庆馀给著名诗人张籍写了一首温卷诗《近试上张水部》："洞房昨夜停红烛，待晓堂前拜舅姑。妆罢低声问夫婿，画眉深浅入时无。"这首诗写得非常聪明，把新娘子的心情刻画得委婉细腻，入情入理。而且，又一语双关，拿自己比新娘，拿张籍比新郎，拿主考官比公公婆婆，让一首表面上的闺意诗隐含着打探情报的丰富信息，一切尽在不言中。

张籍会怎样回复呢？要知道，当时像朱庆馀这样的考生和张籍这样的诗坛前辈之间，可不只是举子和举主的关系，他们还是精神上惺惺相惜的朋友，当然，以后还可能是政坛上共同进退的战友。所以，举主们并不会摆出一副你来求我，我就高高在上的架子，相反，他们往往都非常爱才惜才。比如老诗人顾况，刚刚见到少年白居易的时候，还调侃他，长安居，大不易。等到看了《赋得古原草送别》之后，马上又觉得，有才如此，居亦何难！交口称赞，一点儿不摆前辈的架子。

更热情的是杨敬之。江南举子项斯把自己的诗集托人送给老诗人杨敬之。杨敬之看了之后，大为赞赏，马上请项斯到家里见面，一见之后更加倾心，当即赋诗一首："几度见诗诗总好，及观标格过于诗。平生不解藏人善，到处逢人说项斯。"这就是成语"逢人说项"的来历。直到今天，替别人讲好话，还叫说项。这种举子跟举主之间亦师亦友的风尚，其实也正是唐朝风雅的一部分。张籍当年不也受知于大诗人韩愈吗？现在自己也成了前辈，看到朱庆馀这样聪明伶俐而又文采飞扬的后辈，他又岂能置之不理！张籍选了一个诗人最得体的表态方式，回赠给朱庆馀一首诗，就是这首《酬朱庆馀》。

这首诗怎么写的呢？看第一句："越女新妆出镜心。"越女，自然就是越地的女儿。春秋时期越国的都城在绍兴，所谓越女，大体就相当于现在浙江省的女孩子。越女在中国古代素以美貌著称，西施就是最典型的代表。那什么是镜心呢？所谓镜心，就是镜湖之心。镜湖又叫鉴湖，就是贺知章晚年入道的地方。唐代的镜湖比今天的鉴湖大许多倍，波光浩渺，清澈见底。俗话说："一方水土养一方人。"越女得山水灵气，自然清秀脱俗。所以古代诗人提到越女，往往和镜湖联系在一起。比如诗仙李白就说："镜湖三百里，菡萏发荷花。五月西施采，人看隘若耶。"诗圣杜甫也说："越女天下白，鉴湖五月凉。"越女、镜湖、西施本来就是三位一体的关系。因为有这些固定意象，张籍一句"越女新妆出镜心"，虽然好像没写什么，但美感已经出来了。越女本来就是美的，何况又是新妆，就更锦上添花了。这还不够，越女新妆之后还要划着小船，划出镜湖的湖心，这分明是采莲女的形象呀。在唐诗中，采莲女本身就是水乡美女的代名词。把越女、新妆、镜心三个词一叠加，其实也就是三种最美元素叠加在一起，一个既淳朴自然，又摇曳多姿的江南佳丽已经呼之欲出了。

越女这么美，她自己知道不知道呢？看下一句："自知明艳更沉吟。"这一句写得更好。什么是沉吟？所谓沉吟，就是犹豫不决，没有把握。这越女明知道自己长得美，为什么还会犹豫，还会没把握呢？这恰恰是因为她爱美。越是美，就越爱美；越爱美，对美的要求就越高，就越觉得自己还不够美。有了这样的心态，当然就会沉吟，就会不那么自信。这就是"自知明艳更沉吟"。一个姑娘，"自知明艳更沉吟"是好还是不好？一定是好的。这说明她在美丽的容貌之外还有美丽的精神，她是庄敬自重的，所以她爱美，追求美；同时，她又是谦逊淳朴的，她不会因为自己美而不可一世，觉得满世界都装不下自己，相反，她还有点儿怯生生，有点儿不自信，这是一种多可爱的态度呀。一个姑娘，既有美丽的外表，又有美丽的精神，别人会怎样评价她呢？

看下两句："齐纨未足时人贵，一曲菱歌敌万金。"这是在做什么？在拿这个姑娘和其他美女比较了。所谓齐纨，就是齐地产的白色细绢。古代齐鲁地区纺织业发达，杜甫讲开元盛世的标志不就是"齐纨鲁缟车班班，男耕女桑不相失"吗？因此，齐纨又可以代指珍贵的丝织品。在这句诗里，再引申一步，还可以代指穿着绫罗绸缎，打扮得珠光宝气的姑娘。这样的姑娘美不美呀？也是美的，但只是外包装美。可是，外包装并不代表本质，甚至，过度包装还会让人觉得华而不实，徒增反感。所以，张籍说，"齐纨未足时人贵"。只有外在美，华而不实的姑娘并不能真的让人觉得宝贵。那到底什么才宝贵呢？到这里，自然而然就引出了最后一句，"一曲菱歌敌万金"。菱歌是什么？正是越女采菱时唱的歌呀。菱歌是越女自然而然唱出的心声，这发自天然的天籁之音，才是真正宝贵的东西，比万金都有价值！

　　这首诗在写什么？在夸越女呢。那他仅仅是在夸越女吗？当然不是，他是在拿越女比朱庆馀。朱庆馀本身就是越州人。他在《近试上张水部》中，用了《楚辞》手法，拿男女关系比喻上下级。张籍回他，也同样用《楚辞》的手法，拿香草美人比士人君子。你讲女子，我也讲女子。你一语双关，我也一语双关。什么是"越女新妆出镜心"？这可不是说一个天生丽质而又擅长后天修饰的越女划出了镜湖的水面，而是说你朱庆馀既天资聪颖，又勤学苦练，现在终于走出乡野，走上了人生的舞台。这是一种理解。还有一种理解，镜心的镜除了指镜湖，还可以指镜子。这样一来，所谓"越女新妆出镜心"就不是越女划出了镜湖，而是指越女化好妆的脸映在镜子上。引申开来，又可以指朱庆馀的才华和修养都反映在诗文里，反映在了考卷上。

　　什么是"自知明艳更沉吟"？这也不仅仅是在说越女明知美貌还不自信，还在说你朱庆馀明明知道自己水平很高，干吗还要担心得不到主考官的赏识呢？"齐纨未足时人贵"呢？也不仅仅是说有些小姑娘穿得漂亮，但并不可贵；还在说你不要担心有些考生包装很好，有些背景很硬，须知那些都是外在条件，并不真的让人佩服、受人尊重。什么又是"一曲菱歌敌万金"呢？当然不只是越女发自内心的菱歌价值万金，还有你那一首用心书写的《近试上张水部》，已经深深地打动了我，我一定会大力推荐你！所以，朱庆馀的温卷，在张籍这里通过没有？当然通过了！那么张籍有没有做违规行为，擅自提前告知考生考试结果？当然也没有。举子也罢，举主也罢，不都在那里谈论着美丽的姑娘吗？彼此隔空一笑，心领神会，这才是高手过招。

　　同样是赞赏考生，顾况的"有才如此，居亦何难"太没诗意，杨敬之的"平生不解藏人善，到处逢人说项斯"又太过直白。比较起来，张籍这首《酬朱庆馀》才真是风流蕴藉，而又妙趣横生，配得上朱庆馀那首《近试上张水部》，让千载以后的人看了，都替这投缘的师徒二人高兴。

司空曙《喜外弟卢纶见宿》

亲人的含义，在不同的时代其实并不相同。现在的中国人，特别是城市人，往往是以小家庭的方式生活着，小家庭的成员只包括爸爸、妈妈和孩子，这是最核心的亲人。其他的亲戚自然还有，但大多疏于往来，甚至只存在于概念中。但是，在古代，家庭的规模更大，家庭之外还有家族，家族之外还有密切交往的亲戚们，父族、母族和妻族常来常往，亲人的范围比现在大得多，这也是中国传统文化的一个很重要的组成部分。

就拿《红楼梦》来说吧，贾家可不是关起门来自己过日子。在他们的家庭成员里，还有林黛玉，那是贾宝玉的姑舅表妹；薛宝钗，那是贾宝玉的两姨表姐，这是整天生活在一起的。还有不时来小住一段的史湘云，那是老太太贾母的娘家侄孙女，从贾宝玉的角度看，也是更远一层的表妹。他们的情分，从小开始培养，而且很可能会持续终生。当年，林黛玉进贾府，宝玉觉得来了一个神仙似的妹妹，喜不自胜；而第四十九回，薛宝琴、李纹、李绮、邢岫烟等姐妹同一天到来，贾母也说昨晚的灯花爆了又爆，结了又结，原来应在今日之喜。血浓于水的亲情本来就令人安慰，特别是当你需要雪中送炭的时候……

喜外弟卢纶见宿
司空曙

静夜四无邻，荒居旧业贫。

雨中黄叶树，灯下白头人。

以我独沉久，愧君相见频。

平生自有分，况是蔡家亲。

卢纶：作者表弟，与作者同属"大历十才子"。见宿：留下住宿。

旧业：指家中的产业。

自有分（fèn）：一作"有深分"。分：情谊。

蔡家亲：也作"霍家亲"。

　　这首诗的题目是《喜外弟卢纶见宿》，所谓外弟，就是表弟，所以这是司空曙因为表弟卢纶来访并且留宿而写的诗。不过，司空曙和卢纶还不仅仅是表兄弟的关系，他们都是诗人，还同属于唐朝一个重要的诗歌流派，叫"大历十才子"。所谓"大历十才子"，是活跃在唐朝大历年间的一个诗人群体，这个称号最早见于诗人姚合的《极玄集》：李端与卢纶、吉中孚、韩翃、钱起、司空曙、苗发、崔峒、耿湋、夏侯审唱和，号十才子。不过，这十个人虽然有十才子的名号，却并不是像《红楼梦》里的"海棠社""桃花社"这样的诗社成员，他们从来没有结过诗社，只不过是生活年代相仿，大家互相交往，彼此唱和，对诗有很多共同见解，从外人的角度来看有很多共性，所以才被称为"大历十才子"，有点类似于魏晋时期的"竹林七贤"。他们到底有什么共性呢？简单来说，他们都擅长写五言律诗，诗的题材或者是自然山水，或者是乡情旅思，相对盛唐而言比较狭窄。还有，他们的诗里虽然不乏脍炙人口的名联警句，但是通篇看则往往格局不大、气象不高。这些特点，在司空曙这篇《喜外弟卢纶见宿》中也清晰可见。他是怎么写的呢？

　　先看首联："静夜四无邻，荒居旧业贫。"既然诗题是《喜外弟卢纶见宿》，可见卢纶是晚上来访。这一联，其实是描摹卢纶来访之前的情形。什么情形呢？夜深人静，司空曙的陋室孤零零地矗立在荒村之中，四周阒无人踪，一个邻居都没有。为什么会这样荒凉冷落？这里既有诗人家道中落的个人因素，更有唐朝国势衰微的大背景。我们刚刚说过，司空曙是"大历十才子"之一，大历是唐代宗的年号，时间是在公元766年到779年。这个时期，唐朝刚刚经历过安史之乱，正是白居易所谓"田园寥落干戈后，骨肉流离道路中"的年代。司空曙是河北广平人，家乡正是安史之乱的重灾区，大乱之后，残破不堪。诗人困守荒村，贫无所依。首联十个字，虽然并没有说明社会背景，但是，一片萧条夜景已经呈现在我们眼前了。

那颔联怎么接呢？"雨中黄叶树，灯下白头人。"屋子外面，秋雨潇潇，黄叶纷纷飘落。屋子里面，孤灯如豆，一位白发老人垂头独坐。这一联写得真冷落、真凄凉，但也真好。好在哪里呢？第一个好处，他把秋天的意象都用足了。在中国人的心里，秋天是什么样的？固然，王维有"随意春芳歇，王孙自可留"，刘禹锡有"自古逢秋悲寂寥，我言秋日胜春朝"，杜牧有"停车坐爱枫林晚，霜叶红于二月花"，但是，这在秋天的意象中都不是主流。古人对时序的变迁比今人敏感，秋天草木凋零，让人不免产生生命消逝的伤感。战国时候，宋玉就说："悲哉秋之为气也，萧瑟兮草木摇落而变衰。"飘零的黄叶是秋天最经典的景象，它背后隐喻的年华老去、生命枯萎也成了秋天最主流的意象。有了这个前提，我们再来看这一联诗："黄叶"，这是自然的秋天；"白头"，这是人生的秋天。以"白头"对"黄叶"，已经让人产生凄凉之感，何况"黄叶"之前还要加一个"雨中"，"白头"之前还要加一个"灯下"！寒雨潇潇，黄叶不落也要被打落，这是自然之秋的加强版；昏灯闷景，青丝也会愁成白头，何况坐在灯下的已然是一个白头老翁！这是人生之秋的加强版。所以说，"雨中""黄叶""灯下""白头"这四个词一出来，秋天的意象用足了，秋天的心情也写足了，这是第一个好处。第二个好处，这一联诗，是比和兴这两种表现手法的完美结合。比在哪里呢？用"雨中黄叶树"比"灯下白头人"。要知道，所谓悲秋，秋是客体，悲才是主体。虽然这两句诗是对仗关系，但并不意味着这两句在权重上完全平衡。事实上，"灯下白头人"才是诗人悲伤的重点。那"雨中黄叶树"呢？"雨中黄叶树"正是"灯下白头人"的外在象征啊。老诗人潦倒在孤灯下，不正如黄叶树瑟缩在秋雨中吗？这就是比，也是今天我们所说的暗喻。那什么是兴呢？雨中黄叶树不仅是喻体，更兼有起兴的功能。所谓起兴，就是寄托。比如《诗经·桃夭》："桃之夭夭，灼灼其华。之子于归，宜其室家。"用艳丽的桃花开放来引出美丽的姑娘出嫁，让人感受到双重的美、双重的幸福。"雨中黄叶树，灯下白头人"呢？则是用黄叶在雨中飘零来引出老人在灯下愁闷，也让人感受到双重的萧瑟、双重的凄凉。比兴兼用，让这一联诗特别富有感染力，这是第二个好处。第三个好处，这一联诗真干净、真凝练。何为干净凝练？这一联诗没有动词，就是两个偏正结构，四个经典意象。按照一般的理解，没有动词，根本构不成一个句子，但是，就是这构不成完整句子的四个意象并列，却构成了一幅动人的雨夜秋意图，让人觉得悲，又让人觉得美。这就像马致远那首著名的《天净沙·秋思》："枯藤老树昏鸦，小桥流水人家，古道西风瘦马。夕阳西下，断肠人在天涯。"同样是没有动词，同样是密集意象，同样是情景交融，同样是回味无穷。这一联诗一出来，全篇的警句也就出来了。

　　首联起，写秋夜荒村的大背景；颔联承，把镜头定格在诗人身边。两联诗，都在讲卢纶到访之前的冷落萧条。颈联该转了，怎么转呢？"以我独沉久，愧君相见频。"这是点题了，题目不是《喜外弟卢纶见宿》吗？就在这深秋夜雨的天气里，就在这孤寂悲凉的气氛中，诗人的表弟卢纶出现了，要陪老诗人度过漫漫长夜。他的到访，诗人应该喜出望外吧？杜甫的《客至》里说："花径不曾缘客扫，蓬门今始为君开。"打开家门，扫花以待，那是何等高兴！司空曙是否也是同样的心情呢？不然。这句"以我独沉久，愧君相见频"，表达的心情远不是喜出望外那么简单。我沉沦了这么久，你还不嫌弃我，经常过来看我，真让我惭愧。这里有没有高兴？当然是有的，所谓"贫居闹市无人问，富在深山有远亲"，世态炎凉，人情冷暖，诗人既然"独沉久"，应该早已看够。正因如此，表弟不因为他失意而冷落他，反而频繁地来探访他，才令他格外感动，体味到雪中送炭的温暖。但是，另一方面，这情分又让他觉得惭愧，为什么呢？因为中国人都会有兴家立业、光宗耀祖的心志，现在自己家业飘零、一事无成，成为让表弟卢纶牵挂、照顾的对象，又让诗人觉得难以释怀。按照史书记载，司空曙个性耿介、不干权贵，因此生活很是困顿，甚至到了无钱看病，只能让爱妾改嫁的地步。这样的凄凉晚景，当然让诗人百感交集。所以这一联诗，确实是在转，由独坐转为客至，由悲凉转为欢喜，但是，这欢喜不纯粹，它还夹杂着诗人对人生的感伤，是老人心事，是喜中有悲。

从悲到喜，悲喜交加，景色写到了，心情也写足了，怎么结呢？看尾联："平生自有分，况是蔡家亲。"所谓蔡家亲，就是表亲的意思。这个典故怎么来的呢？蔡是指东汉末年大儒，也是大音乐家、大书法家蔡邕。蔡邕的女儿，也就是蔡文姬的妹妹嫁入泰山望族羊家，生下羊祜。羊祜是西晋著名的战略家，也是著名的文学家。外祖父和外孙都居高位，享盛名，在中国古代特别令人羡慕，所以蔡家亲也就成了表亲，特别是姑舅表亲的代称。这一联诗是说，卢纶为什么来看我？

是因为我们俩本来就是谈得来的好朋友，何况，我们还是中表兄弟呢！这一联诗，既点出了题目中的"外弟"身份，也是诗人对"愧君相见频"的宽解。友情和亲情，本来就是人生最重要的情感支撑，诗人从卢纶这里得到了，这也算是他落魄一生中的一抹亮色吧。这当然是喜，但还是喜中带悲。近代文学家俞陛云说这首诗"反正相生"。前两联写悲，后两联写喜，从章法上看，确是如此。但是，前两联的悲是真悲，而后两联的喜则是喜中有悲，这就让诗的整体基调定在了感叹悲凉上，显得秋意逼人。

整首诗说完了，什么感觉呢？两个特点最突出。第一个特点，回避大叙事，刻画小心情。我们一开始就说，司空曙的落魄，固然有个人因素，但更有安史之乱这个大的时代背景。但是，在这首诗里，诗人却并不直面这种社会的大伤痛，而是从一开始就让背景虚化，直接进入眼前事、心中情。这其实不是司空曙一个人的事，而是"大历十才子"的整体风格。他们的诗里，没有大江大河的壮阔风景，没有大悲大喜的人生感悟，他们甚至刻意回避这些大场景、大话题，而是就截取眼前这一段风景，描摹眼前这一段光阴。所以，他们的题材不广，格局也不大，这是第一个特点。

第二个特点，有警句而无佳构。"雨中黄叶树，灯下白头人"，这

喜

一联诗多生动，多感人！你会永远记住它。而整首诗呢，即使你今天记住，以后还可能忘掉。这也不是司空曙一个人的问题，而是"大历十才子"的整体特点。或许他们的气力不及盛唐诗人，不能写出皇皇巨著，但是，让一点烛火照亮人心，把一个瞬间锤炼成永恒，是他们的特点，也足以让他们名垂青史。

钓罢归来不系船，江村月落正堪眠。

李益《喜见外弟又言别》

在古代中国，因为交通和通信的限制，生活的圈子不大，婚姻的范围也不大。这样一来，本家兄弟也罢，中表兄弟也罢，彼此距离都不太远，小时候一起玩耍，长大了一起奋斗，老了也还能彼此照应。生活中那些小小不言的温暖和喜悦，好多不就来自这种人情交往吗？

比如司空曙的《喜外弟卢纶见宿》不就是这样吗？司空曙和卢纶这一对表兄弟，都已经是白头老翁了，还是不时来往，互相牵挂。这就是司空曙所说的"平生自有分，况是蔡家亲"。可是，这一切都建立在相对和平，生活波澜不惊的基础之上。一旦出现变故呢？一旦出现变故，那就是《红楼梦》所说的"三春去后诸芳尽，各自须寻各自门"。那些当年在一起玩耍的孩子，也会天各一方，后会难期。那么，如果有一天，他们意外重逢了，又会是怎样的悲喜交集呢？李益这首《喜见外弟又言别》，写的就是这种情形。

喜见外弟又言别

李益

十年离乱后，长大一相逢。

问姓惊初见，称名忆旧容。

别来沧海事，语罢暮天钟。

明日巴陵道，秋山又几重。

外弟：表弟。言别：话别。

暮天钟：黄昏寺院的鸣钟。

巴陵：岳州（今湖南省岳阳市），即诗人（一说外弟）将去的地方。

先看首联："十年离乱后，长大一相逢。"经过了十年的战乱分离，长大后的我们忽然相逢了。这一句非常简洁，却把该交代的都交代清楚了。什么是该交代的呢？十年、离乱和长大这三个信息。所谓十年，是两人不相见的时间。离乱，是两人不相见的背景。而长大，则是两人再次相见时的状态。写这首诗的李益，有人认为属于"大历十才子"之一，也有人认为不属于。但无论如何，他是活跃在大历年间的诗人。和大历年间的其他诗人一样，都经历了那场改变唐朝乃至整个中国历史进程的安史之乱。这场战乱让司空曙家徒四壁，也让李益和他的表弟天各一方。我们不能确切知道两个人是在哪一年分手，但这场战争发生在755年到763年，也就是李益从5岁到13岁的时候，毫无疑问，分手的时候，两人都还是懵懂顽童，或者顶多刚刚成长为青葱少年。再次见面，已经是十年之后。而十年，已经足以让一个孩子退去最初的模样，长成大人。这就是"十年离乱后，长大一相逢"，看起来平平淡淡，但背后是多少人生的曲折、社会的波澜啊。曾经亲密的表兄弟，在经历了漫长的十年分别之后意外重逢，会怎样呢？

看颔联："问姓惊初见，称名忆旧容。"这一联写得真传神。唐诗中有很多篇章都讲朋友重逢的惊喜，比如杜甫《赠卫八处士》："昔别君未婚，儿女忽成行。"那也是沧桑巨变，让人感慨万千。另外，司空

喜

曙有一首诗叫《云阳馆与韩绅宿别》，其中有一联"乍见翻疑梦，相悲各问年"，更是动人。诗人不敢相信真的又见到了朋友，还怀疑自己是在做梦；等到确认真是朋友站在眼前，又感慨于彼此的衰老，互相问对方多少岁了。亦真亦幻，悲喜交加，真是令人动容。可是，"昔别君未婚，儿女忽成行"也罢，"乍见翻疑梦，相悲各问年"也罢，虽然久别，虽然震惊，但至少，彼此都还认识。可是，李益这一句"问姓惊初见，称名忆旧容"意味着什么？意味着一种更深的伤痛：两个人根本就不认识了！客栈之中，两个南来北往的旅客偶然坐到了一起，搭起话来。一个问另一个：足下贵姓？那人回答：贱姓李。问话的人回了一句：哎呀，真巧，我的母亲也姓李，咱们还是亲戚呢。这句话本来是说着玩的，可是，说完之后，他忽然显得有点儿不安，上上下下打量着眼前这位陌生人，迟疑地说：李兄，敢问足下大名？这边回答：贱名李益。那问话的人一听之后，马上扑了过去，说：可是凉州姑臧的李益吗？我是你的表弟呀！两双手紧紧握在一起，泪眼蒙眬之中，小时候的影子依稀浮现在眼前了。这个说：当年，你那么胖乎乎的，都骑不到马上去，还非要跟我出去玩；那个说：当年，你背不出文章，还偷偷给我使眼色，让我提醒你。当年这样，当年那样，怎么你变化这么大，我都认不出来了！再一想呢，我们都分别十年了，一个十岁的少年和一个二十岁的小伙子，得有多大的区别呀！这是多么富于戏剧性的场面啊，从陌生人的搭讪，到模模糊糊的怀疑，到打听完姓名之后相认的惊喜，再到惊喜之后的无限感慨。就这一联诗，十个字，全写出来了。写得那么质朴自然，又那么细腻传神。当年整日厮守的小伙伴，如今居然对面不相识，这十年的离别，到底都带走了什么？如果说杜甫的"昔别君未婚，儿女忽成行"像是参加大学同学聚会的情形，那么，这"问姓惊初见，称名忆旧容"呢？就更像是小学同学的聚会了。彼此都长大了，互相认不出了，一边问着名字，一边回想着当年的容颜，多少往事涌上心头，那是何等百感交集啊。

首联讲相逢，颔联讲相认。颈联呢？颈联要转了，从意外的相见转到焦急的询问：你怎么会在这里？那个谁谁谁还好吗？这么多年，回过老家吗？千头万绪的往事，朝思暮想的亲人，无穷无尽的问题，怎么写呢？诗人说的是："别来沧海事，语罢暮天钟。"一句"别来沧海事"何等凝练、何等深沉！所谓"沧海"，就是沧海桑田的省略，出自东汉葛洪的《神仙传》：仙女麻姑对神仙王方平说，自从上次见您以来，已经看见沧海三次变为桑田了。海变成陆，陆又变成海，多么漫长的岁月，多少不可思议的变化呀。李益和他的表弟，又何尝不是如此呢！十年了，熟悉的家园早换了主人，牵挂的亲人很多已经亡故，这就是人生的沧桑啊。多少问不完的问题，多少说不尽的思念，就收在"别来沧海事"这五个字里。然后呢？然后，就在两个人你一言我一语的时候，忽然，寺院的晚钟响起来了。两个人一下子沉默下来，这才意识到，时间已经悄悄溜走，红日西垂，这一天就要过去了。于是，一个再也不容回避的问题一下子摆在两个人面前：今天我们相聚了，明天，彼此又将奔向何方？

这也就引出了尾联："明日巴陵道，秋山又几重。"明天，诗人又将踏上前往巴陵郡的山道，那一重又一重的秋山，将再次把两个人隔开，下一次见面，又不知道在什么时候了！这首诗的题目不是《喜见外弟又言别》吗？前面三联都是在讲前半部分"喜见外弟"，到尾联，该点到题目中的后半部分"又言别"了。动荡的时代，漂泊的人生，注定了他们聚少离多。表兄弟已经十年不见了，一朝相聚，何等难得！可这难得的相聚也只有一天的时间，等到明天，两个为生活而奔波的成年人又要各自踏上旅途，万水千山，后会难期了！一联"明日巴陵道，秋山又几重"，让我们仿佛都感受到了秋山的萧瑟、山路的崎岖，感受到两个人之间重重叠叠的障碍，多少惆怅，多少无奈，已经尽在不言中了。

我们之前说，大历诗人的作品，通常是有佳句而无佳构，但这一首诗不大一样。固然，无论是"问姓惊初见，称名忆旧容"，还是"别来沧海事，语罢暮天钟"，都让人过目难忘，但这首诗又不仅仅是靠警句取胜。事实上，这种世事沧桑、后会难期的感慨，不仅仅属于诗人，也或多或少地属于我们。只不过我们只有一些模糊的感慨，而诗人呢？却是用凝练的语言、白描的手法、生动的细节把这一切呈现出来，让我们倍感亲切，心有戚戚。很多人看过唐传奇《霍小玉传》，都知道李益是个始乱终弃的负心人，都为被辜负的霍小玉鸣不平。但是，负心人也有用心时，这首描述亲人重逢悲喜剧的《喜见外弟又言别》，李益的确是用心了。

喜

杜甫《客至》

中国人最看重的五伦之中，不仅仅有夫妇、父子、兄弟，还有朋友。有人说，兄弟是生出来的，而朋友是挑出来的。这意味着，朋友虽然没有血浓于水的天然亲情，却有志同道合的相知之义。这种精神上的默契，让我们时时产生会心之喜——当春水涨时，当桃花开时，当朋友来时。和大家分享杜甫的《客至》。

客　至

杜甫

舍南舍北皆春水，但见群鸥日日来。

花径不曾缘客扫，蓬门今始为君开。

盘飧市远无兼味，樽酒家贫只旧醅。

肯与邻翁相对饮，隔篱呼取尽馀杯。

客至：客指崔明府，杜甫在题后自注："喜崔明府相过。"明府，唐人对县令的称呼。相过，即探望、相访。
市远：离市集远。兼味：多种美味佳肴。无兼味，谦言菜少。
樽：酒器。旧醅：隔年的陈酒。樽酒句：古人好饮新酒，杜甫以家贫无新酒感到歉意。

喜

这首诗是杜甫五十岁的时候，在成都浣花溪畔的草堂居住时写成的作品。杜甫半生不得志，又赶上安史之乱这个唐朝的大劫难，可谓时乖命蹇。只有晚年到了成都，在朋友的帮助下，当了剑南节度参谋加检校工部员外郎，有了俸禄，又筑起草堂，才算过上相对安稳的日子。所以在成都这四年多的时间，也就成了杜甫创作的高峰期，杜甫现存诗歌一千四百多首，有二百四十多首都是在成都写成的。

那么，这四年多的日子到底是什么样的呢？《客至》这首诗写得最为惬意。先看首联："舍南舍北皆春水，但见群鸥日日来。"这番描写，真是明媚如画。杜甫草堂靠近江边，春潮涌起，绿水绕宅，鸥鸟亲人，盘旋而下。绿水白鸥，和风艳阳，多令人羡慕！这些年，大家都喜欢海子的那句诗："我有一所房子，面朝大海，春暖花开。"其实，靠近海哪有靠近江好！海可以是平静的，但也有可能是狰狞的，住在海边，人多少会觉得自己渺小无助吧？但是江不一样，江是辽阔的，也是温和的，尤其是春江水暖的时候，人更容易觉得亲切而喜悦。所以这一联诗，感觉特别明媚。那么，杜甫这样写来，是不是仅仅在讲我的草堂周围环境优美、碧波环绕、白鸥上下呢？又不尽然。

鸥鸟在中国古代是有特殊意义的鸟，什么意义呢？淡泊寡欲，与世无争。这是《列子·黄帝》篇里的一则故事。大意是说，在海边住着一个特别喜欢海鸥的孩子，他每天清晨都到海边看海鸥，海鸥也特别愿意和他一起玩儿，有的时候，甚至会有一百多只海鸥围绕着他飞舞。有一天，他父亲对他说，我听说海鸥都跟你好，你捉几只来，让我也玩一玩。第二天，孩子怀抱着这个念头又来到海边，结果，每只海鸥都在天上盘旋，却没有一只肯下来。后来，这个故事就演化成一个成语，叫鸥鹭忘机，表示一个人没有机诈之心，连异类都可以亲近。再引申一下，就用来指人淡泊隐居，与世无争。好多诗人写到鸥鸟，都隐含着这个意思，比如王维"野老与人争席罢，海鸥何事更相疑"，不就表示自己已经不卷入任何政治斗争了吗？杜甫写"但见群鸥日日来"，其实也有这层含义：我避乱在此，不问世事，所以，连鸥鸟都亲近我了。问题是，鸥鸟相亲，杜甫真的就满足了吗？恐怕还没有。因为他写的是"但见群鸥日日来"，"但"是只有的意思，每天只有鸥鸟来拜访我。这一个"但"字，就有点寂寞之感了。

　　首联的一点寂寞写出之后，我们才能理解颔联的喜悦之情："花径不曾缘客扫，蓬门今始为君开。"这其实是一句互文，我撒满落花的小路从来不曾因为客人到来而打扫过，但是今天为你打扫了。我草堂的门从来没有为客人打开过，今天也为你打开了。这首诗的题目不是《客至》吗？到这儿真正点题了。客人来访，诗人乐不可支，所以才忙着打扫落花、开门迎客，这是不加掩饰的真欢喜。

　　问题是，杜甫平时为什么没有客人？是杜甫不好客吗？当然不是，杜甫明明是个热心人。那么，是杜甫隐居的地方过于偏僻吗？也不是，草堂虽然幽静，但并不算偏僻，也还属于陶渊明所说的"结庐在人境"，既然"结庐在人境"，为什么"而无车马喧"呢？因为杜甫是挑朋友的。大家都知道，杜甫是诗圣，对苍生普遍有情。但是，杜甫也是一个真正的儒者，他的内心非常方正，绝不会随随便便呼朋唤友。所以，他的门庭并不喧闹，甚至是冷冷清清。可是，就算冷清，就算孤独，还是不乱交朋友，这就是难得的君子人格。日本作家村上春树有一本小说叫《挪威的森林》，里面的主人公说："哪里会有人喜欢孤独？只不过不乱交朋友罢了，那样只能落得失望。"这个说法真让人心有戚戚焉。虽然是异代不同时，但人类的内心总有相通的东西吧。

　　可是，正因为杜甫挑朋友，才越发显示出这位朋友的不同寻常，他可是杜甫青眼相看的人，他一定不是一个俗人。这个人是谁呢？其实杜甫自己在题目后头加了一个注，写的是"喜崔明府相过"。唐朝人习惯把县令称为明府，这个小注让我们知道，这位朋友姓崔，是个县令。除此之外，我们再不知道别的信息了。但是，尽管连崔明府叫什么名字都不知道，我们还是可以判断，杜甫看得上的，一定不是势利小人，而是一个值得结交的朋友。这样的好朋友来了，怎么招待呢？

看颈联："盘飧市远无兼味，樽酒家贫只旧醅。"好朋友到了，当然要拿出好酒好菜招待。可是杜甫说出的，却全是抱歉的话。他说因为离市场远，临时也没法出去买菜，所以盘子里只有一个菜，你就凑合着吃吧。他又说，我家里穷，也没备着新酒，你就凑合着喝点隔年陈酿吧。这其实就看出唐朝和今天不一样的地方了。我们中国人今天喜欢喝什么酒？要喝陈酿，二十年比十年珍贵，五十年又比二十年珍贵。但是在唐朝，酿酒方式不同，新酿才是好酒。白居易不是写过"绿蚁新醅酒"吗？他是个讲究生活品质的人，所以要喝新酒。但是杜甫不一样，杜甫的官没有白居易做得大，生活境况也没有白居易过得好，所以只能用旧醅招待朋友了。不过，也正是这无兼味的菜和隔年的酒，才越发显示出两个人关系的亲密和不拘小节。能够跟你一起吃大鱼大肉的不一定是真朋友，但是，能够跟你一起吃糠咽菜还甘之如饴的人，一定值得结交！

客至这个主题，到这里基本上已经算写足了。接下来该怎么收尾呢？"肯与邻翁相对饮，隔篱呼取尽馀杯。"菜虽然只有一个，但是管饱；酒虽然是陈酒，但是管够。两个好朋友越喝越高兴，不觉手之舞之、足之蹈之了，气氛已经达到高潮。可是，孟子不是讲独乐乐不如众乐乐吗？欢乐要有人分享，才会更欢乐。所以杜甫跟崔明府提议："肯与邻翁相

喜

对饮，隔篱呼取尽馀杯。"你若是不嫌弃，我就隔着篱笆把邻居老头儿叫过来，让他跟咱们一起一醉方休可好？我们之前不是说，崔明府一定是个好人吗？这联诗也算是个小小的佐证。要知道，崔明府可是县令，虽然不算大官，但也是一方父母。可是，杜甫却敢跟他提议，把隔壁老头儿叫过来一起喝酒，这说明什么？说明崔明府真的不是摆架子、打官腔的势利小人，真的有一颗与民同乐的赤子之心啊。

崔明府有赤子之心，杜甫也是如此。杜甫当时是剑南节度参谋检校工部员外郎，也身负一官半职。对于身边的小人物，他不也是用一颗平等之心真诚相待吗？他平时跟这个邻翁一定没少喝酒吧？虽然这个邻家老头儿不一定懂诗，但是，他一定也陪杜甫度过了好多温暖的时光。所谓"君乘车，我戴笠，他日相逢下车揖；君提担，我跨马，他日相逢为君下"，这样坦然相交，就是朋友。能够不时地与朋友把酒言欢，就是人间好时节。

孟浩然《过故人庄》

（闲居访友）

朋友总是相互的，所谓"来而不往非礼也"。今日你来，明日我往，走动越多，交情越深。上次的相约引来了这次的欢聚，有了这次欢聚，又会有下次的相约。这不是什么惊天动地的大喜事，却足以让我们守得住平淡，望得见幸福。

过故人庄

孟浩然

故人具鸡黍，邀我至田家。

绿树村边合，青山郭外斜。

开轩面场圃，把酒话桑麻。

待到重阳日，还来就菊花。

过：拜访。故人庄：老朋友的田庄。

黍（shǔ）：黄米，古代认为是上等的粮食。

郭：古代城墙有内外两重，内为城，外为郭。这里指村庄的外墙。

斜（xiá）：倾斜。因古诗需与上一句押韵，所以应读xiá。

还（huán）：返，来。

就菊花：指饮菊花酒，也是赏菊的意思。

"过"是拜访的意思，过故人庄，也就是拜访老朋友的田庄。这不是久别重逢，没那么艰难，但也不是到邻居家串门，没那么随意，它其实是介于两者之间的状态，有点像我们现在小长假去郊区农家乐的感觉。这样的感觉怎么写呢？

先看首联："故人具鸡黍，邀我至田家。"老朋友捎信来，说他家里有鸡、有小米，邀请我到他的田庄坐坐。这两句话，起得平实自然，真有田园范儿。诗人为什么要拜访老朋友呀？不是偶然路过，也不是朋友家有什么婚丧嫁娶这样的大事特意过去，而是老朋友给我捎信来了，让我去坐坐。他捎信来，我就如约去，我们俩的关系，就是这么自自然然。那为什么说有田园范儿呢？你看这待客的礼数吧，饭就是农家普通的黄米饭，不是李白的"跪进雕胡饭"，没那么讲究。菜呢？是现杀了一只鸡。这在农村的招待里，是挺有诚意的了。陶渊明的《桃花源记》说，桃花源里的人看见外来的捕鱼人，赶紧"设酒杀鸡作食"，那就是热情款待了。鸡是小家禽，公鸡能打鸣，母鸡能生蛋，一般农家，总会散养着十几只鸡。平时自己舍不得吃，但是，来了重要的客人，杀一只鸡，就是一道挺像样的菜。这样的招待，诚意是有的，可也没那么隆重。真要隆重，就得像李白写的那样，"烹羊宰牛且为乐，会须一饮三百杯"了，可是，普通农家，哪能置办这样的酒席！再说了，就是这样的自家风味，才会让客人真正产生宾至如归的感觉呀。所以说，这开头的一联，既不华丽，也不奇特，但是真亲切、真醇厚，一种属于中国的田园风味扑面而来。

那颔联呢？"绿树村边合，青山郭外斜。"诗人高高兴兴地去拜访朋友，边走边看这一路的风光，不知不觉，朋友的小村庄已经近在眼前。这是个什么样的小村庄呢？"绿树村边合"，绿树已经把小村给围起来了。想来，这村庄已经颇有些年头了吧，家家桑梓，户户浓荫。绿树的环绕让小村别有天地，自成一体。这是眼前的近景。再看远景，一座青山就横卧在小村背后，仿佛天然屏障，让小村子有了厚实的依托。这景象不是桃花源，一点儿也不虚无缥缈，它就是唐玄宗天宝时代的农村，实实在在，透着盛世的快乐与富足。说到这儿，让人想起《红楼梦》来了。《红楼梦》第十七回，大观园刚刚落成，贾政带着宝玉一起参观，父子俩游赏到后来的稻香村，只见"青山斜阻。转过山怀中，隐隐露出一带黄泥筑就矮墙，墙头皆用稻茎掩护。有几百株杏花，如喷火蒸霞一般。里面数楹茅屋。外面却是桑、榆、槿、柘，各色树稚新条，随其曲折，编就两溜青篱。篱外山坡之下，有一土井，旁有桔槔、辘轳之属。下面分畦列亩，佳蔬菜花，漫然无际"，这景色听起来不错，贾政特别喜欢，说这个地方返璞归真，都让他有了归农之意。但是宝玉却罕见地并不喜欢，为什么？不自然。他说，这个村庄背山山无脉，临水水无源，一看就是假的。宝玉的眼力好不好？太好了。大观园里的稻香村，不仅山是堆出来的，水是挖出来的，它自身承载的农村符号也是做出来的。又是稻子，又是蔬菜，又是杏花，又是桑榆，又是黄泥，又是辘轳，太想要田园范儿，堆砌了太多的田园符号，反倒显得造作，并没有真正的田园精神。相反，"绿树村边合，青山郭外斜"这两句诗，一点儿多余的东西都没有，只是背后青山、村前绿树，仔细想来，我们心里梦里的小山村，不就是这样，又幽静，又安宁吗？

进了村子，也就到家了。宾主之间，到底怎样呢？看颈联："开轩面场圃，把酒话桑麻。"孟浩然就是这样洗练。宾主怎样见面、怎样寒暄全都略过了，镜头直接就转到了欢宴。酒席是设在屋里的，农家田舍小，场面应该有点儿局促吧？但是，天暖了，窗子都打开了，隔窗望去，主人家的打谷场和菜园子尽收眼底。人虽然在屋子里，心和眼却可以自由地行走在田野上，内外一打通，意境也一下就开阔起来，让人心旷神怡。看着打谷场和菜园子，话题自然而然地会转到庄稼上：老天给力，人又勤快，今年应该是个丰收年吧？这就是"开轩面场圃，把酒话桑麻"。这两句话真是淡而有味，农家的生活，农家的快乐，让人仿佛身临其境一样。这像谁？像陶渊明。其实，这两句话本身就是从陶渊明的《归园田居》里化出来的。《归园田居》说："相见无杂言，但道桑麻长。"

陶渊明不是不为五斗米折腰，挂冠归去了吗？每天过着"晨兴理荒秽，带月荷锄归"的生活，一般人都会觉得痛苦，但陶渊明觉得快乐。因为他终于不用在官场上迎来送往，说那些言不由衷的话了，每天跟周围的农夫一起谈谈庄稼的长势，是那么自然而踏实。陶渊明如此，孟浩然亦然。他并非挂冠归去，而是布衣终老。李白说过："吾爱孟夫子，风流天下闻。红颜弃轩冕，白首卧松云。"其实，孟浩然不是没有过政治理想，身逢盛世，他也想为国家出力。然而，"当路谁相假，知音世所稀"，世无知音，他又不愿意巴结逢迎，所以，最终还是回到湖北的鹿门山，过起了隐居生活。盛世隐居，想来不无寂寞之感吧？但是，看着眼前的青山绿树，亲手料理着庄稼活儿，听着老朋友琐碎而又亲切的乡谈，孟浩然又释然了，忘了挫折，淡了名利，甚至也抛去了隐居的孤独，生出了真诚的喜悦，这大概就是田园生活的吸引力和治愈力吧。

朋友见过了，酒也喝过了，度过了如此愉快的一天，怎么收尾呢？"待到重阳日，还来就菊花。"诗人是率真的，这次做客高兴，就主动约下次了：等到秋高气爽的重阳节，我"还来就菊花"。好像脱口而出的两句话，故人待客的热情，诗人做客的愉快，主客之间的亲切随意，全都跃然纸上了。但好处还不只如此。诗人为什么要写"就菊花"？为什么不写赏菊花、醉菊花、对菊花？这里就涉及菊花的意象了。菊花只是重阳节的当令花卉吗？当然不是。诗人特意写到菊花，只是因为重阳节有赏菊花、喝菊花酒的传统吗？当然也不是。在文人之中，菊花最重要的意象是什么？是隐逸。周敦颐的《爱莲说》说："菊，花之隐逸者也。"那么，菊花为什么有这种意象呢？因为陶渊明爱菊，一句"采菊东篱下，悠然见南山"，永远成就了菊花高洁脱俗的君子形象。菊花既然是和诗人一样的隐逸君子，那怎么能赏、能醉、能对呢？那不是贬低菊花吗？只能是"就"呀。所谓"就"，就是亲近，这不是人对花的把玩，而是君子之间的惺惺相惜。对孟浩然来说，老朋友所过的这种淳朴自然的田园生活就是他的精神归宿，所以，他才要跟老朋友再约"待到重阳日，还来就菊花"。这样看来，这首诗看似恬淡超脱，却也有诗人的高洁风骨作为支撑，也正是有这样的高洁风骨支撑，才能写出这样浑厚的好诗来。

综合起来看，这首诗最大的好处是什么？一言以蔽之，是自然。整首诗没有诗眼，没有一句特别漂亮的话，没有一丝雕琢的痕迹，但是，通篇读下来，你又会觉得，每句话都是那么圆融，感情也那么淳朴，充满着平静而又喜悦的力量，这就是孟浩然的伟大。

喜

虞世南《蝉》

（仕途得意）

新婚有喜，金榜有喜，会亲有喜，交友有喜，这些喜悦都是人类共通的。那么，做官是不是一件令人欣喜的事情呢？大多数人也许会点头，但也有人会摇头，特别是诗人。因为诗人虽然大都怀抱济世经邦之梦，但真正擅长做官的并不多。官场毕竟在红尘里，而诗人的心却往往在红尘外。这样一来，讲到仕途经济，诗人总以牢骚为多。不是"不才明主弃，多病故人疏"，就是"冠盖满京华，斯人独憔悴"。真正既能做官，又能写诗，还能把这种两栖生活写出得意，又写出高华感的，虞世南的《蝉》算是典范。

蝉
虞世南

垂緌饮清露，流响出疏桐。

居高声自远，非是藉秋风。

垂緌（ruí）：古代官帽打结下垂的部分，蝉的头部有伸出的触须，形状好像下垂的冠缨。也指蝉的下巴上与帽带相似的细嘴。

饮清露：古人认为蝉生性高洁，栖高饮露，其实是刺吸植物的汁液。

藉（jiè）：凭借、依赖。

喜

居高声自远，非是藉秋风。

在唐朝，有三首著名的咏蝉诗，被称为咏蝉三绝。一首是初唐虞世南的《蝉》；一首是同属初唐，骆宾王的《在狱咏蝉》；还有一首，则是晚唐李商隐的《蝉》。这三首诗，风格气度迥异，但都是托物言志，能够烛照出诗人的内心世界。在这三首咏蝉诗中，虞世南的《蝉》时间最早，立意最高，心态最好。

先看第一句："垂缕饮清露。"缕是古代人系帽子的帽带，打一个结，垂在下巴下面。蝉的头上有下垂的触须，看起来就像是垂下的帽带一样，所以垂缕就代表蝉。这种用部分代指整体，或者用特征来代指全部的方法古人常用，这和用细腰来代指美女、用兜鍪来代指勇士是一个道理。垂缕就是蝉，那饮清露又是怎么回事呢？这其实是指蝉的生活习性。蝉靠吸树的汁液生活，古代人观察不细，还以为蝉是靠喝露水生活，所以才会说"垂缕饮清露"。这句诗如果直接翻译，就是蝉喝露水。问题是，它要表达的意思真就这么简单吗？当然不是。所谓垂缕，不仅仅是垂下来的帽缨帽带，它还可以代指达官贵人。因为古代老百姓裹头巾就可以，但是，一旦当了官，就要峨冠博带，所以世家大族又可以称为簪缨之族。而清露呢？不仅仅是露水，它还代表高洁的生活、高洁的志趣。

问题是，在中国的文化传统之中，达官贵人和清高可并不那么协调。春秋时期，齐国的隐士曹刿就曾经说："肉食者鄙。"《红楼梦》里，清寒之士柳湘莲更是公然对贾宝玉说："你们东府里除了那两个石狮子干净，只怕连猫儿狗儿都不干净。"在中国人的观念里，贵和清是两回事，垂緌和清露这两个形象往往并不相容。但是，虞世南不一样，他一句"垂緌饮清露"，一个既贵且清的形象马上就出来了，这样身份高贵而又内心清高的形象，是何等难能可贵呀。

我们凭生活经验都知道，跟形象相比，蝉更吸引人的是声音。所以写完形象，虞世南紧接着要写声音了。怎么写呢？看第二句："流响出疏桐。"所谓流响，是指像流水一样，长鸣不已的蝉鸣。而疏桐，则是枝叶疏落的梧桐。直译过来，无非是蝉鸣从梧桐树的枝叶之间传出。是不是只有这层意思？当然不是这么简单。梧桐在中国可不是一般的树，它自带高贵属性。《诗经·大雅·卷阿》中说："凤凰鸣矣，于彼高岗；梧桐生矣，于彼朝阳。"《庄子·秋水》也说："夫鹓雏发于南海，而飞于北海，非梧桐不止。"所谓鹓雏，也是凤凰一类的贵鸟。自古以来，梧桐跟凤凰才是标配。但是，在这首诗里，诗人却把蝉和梧桐放在了一起。他不让蝉在杨树、柳树上叫，偏要让它在梧桐树上叫，这本身就抬高了蝉的身份。这还不够，他不写"流响出梧桐"，偏要说"流响出疏桐"，一个"疏"字，不仅写出了秋天枝叶凋零的季节特性，而且还把蝉的身价进一步抬高了。为什么呀？因为在中国传统的审美情趣里，疏比密好，瘦比肥好，暗比明好。

　　林逋说"疏影横斜水清浅，暗香浮动月黄昏"，暗香疏影，才能尽显梅花的含蓄与清高。这首诗也是一样。梧桐已经是高洁之树了，再加一个"疏"字，则尤其不同凡响。这还不够。在流响和疏桐之间，诗人还要再用一个"出"字。这"出"字又好在哪里呢？所谓出，就不是鸣、不是叫，它不带任何主观性，而是一种纯粹客观的效果。为什么要强调客观性呢？它的意思是说，蝉不是为任何人而鸣叫，但它的声音自然而然地穿透了梧桐树的枝枝叶叶，传到了人的耳朵里。这相当于什么？相当于张九龄的"草木有本心，何求美人折"呀。草木不求美人而美人自来，因为气味芬芳。同样，蝉鸣不求人听而人自然听到，因为声音清亮。一只鸣蝉，只靠吸风饮露，却能发出如此的清越之音，这才叫高标逸韵，令人心折。把这两句诗放在一起看，"垂缕饮清露，流响出疏桐"，一个处身高洁，而又魅力非凡的形象已经跃然纸上。这是蝉吗？是蝉，但又不仅仅是蝉，它更是高贵君子。其实，对于君子，特别是对于身处高位的官员来说，只有饮得清露，或者说，只有立身清白，才能"流响出疏桐"，才能让人信服、让人传颂，这不是古今一致的道理吗？

　　"垂缕饮清露，流响出疏桐"，蝉的高洁形象已经树立起来。那接下来写什么呢？接下来就是进一步升华了："居高声自远，非是藉秋风。"

喜

这两句诗是议论，但议论得非常自然。自然在哪里呢？它其实是直接衔接上一句的"流响出疏桐"。为什么蝉声能够穿过梧桐树？这不是因为有秋风暗相传送，而是因为它站在高高的梧桐树上，"居高声自远"了！这和前两句一样，仍然是一语双关。什么是秋风？所谓秋风，既是指自然界的长风，也可以指人世间的各种外在力量。《红楼梦》里，薛宝钗不是说过"好风凭借力，送我上青云"吗？但是，在虞世南笔下，蝉鸣不藉秋风送，正如那些立身高洁的君子，并不需要见风使舵，或者通关节、傍权势，照样能够声名远播，这是何等自信的精神，何等雍容的气度啊。"居高声自远，非是藉秋风"，一个"自"，一个"非"，一正一反相互对照，一个君子对人格力量的高度认可已经溢于言表。

这首咏蝉诗，其实也是虞世南的夫子自道。为什么？因为虞世南的人生，就可以用"居高声自远，非是藉秋风"来形容。虞世南是唐太宗朝的重臣，凌烟阁二十四功臣之一。他能够进入凌烟阁，绝对是凭着自己过人的本事和德行。虞世南本来是南方人，陈朝灭亡后和哥哥虞世基进入长安，马上名重一时，时人把他们俩比成陆机、陆云。后来，虞世基成了隋炀帝的心腹，虞世南本来可以借助哥哥的力量平步青云，但是他闭门读书，坚决不沾哥哥的光。这已经很难能可贵了，更难得的是，到隋朝末年，江都之变爆发，隋炀帝被杀，虞世基也受牵连，被叛军抓了起来，要就地正法。文弱书生虞世南冲到法场，抱着哥哥号啕大哭，请求叛军让他替哥哥去死。所谓"时穷节乃见"，虞世南的这番义举在当时就传为美谈。

还有一件事。虞世南后来又被唐太宗网罗，成为秦府十八学士之一。唐太宗经常跟他谈论诗词学问。有一次，唐太宗写了一首宫体诗，要他唱和，这可是大臣难得的荣耀。没想到虞世南看了一眼说，陛下的诗虽然写得不错，但内容不正。俗话说上行下效，天下人若是知道陛下喜欢这类艳诗，都效法起来，那可不是国家的福气，所以我还是别唱和了。这样慷慨直言，就算是魏徵也不容易做到吧。虞世南还是唐朝初年的最强大脑。有一次，唐太宗想要在屏风上写《列女传》来警示后宫，一时没有找到文本。虞世南说，我记得，我来写吧。写完了，找出文本来一对照，居然一字不差。要知道，《列女传》既不是诗，也不是赋，它是人物传记，讲古代 105 个妇女的事迹。能把这样的东西背下来，可见虞世南的记忆力有多强大。后来唐太宗出行，有人说应该带几本书路上看，唐太宗说，不用了，此行有虞世南跟随，他就是活动图书馆。

这还不够。虞世南还是唐朝初年著名的书法家之一，和欧阳询、褚遂良、薛稷并称"初唐四大家"。唐太宗不也喜欢书法吗？他曾经说，别看褚遂良写字好，他是要有好笔好纸才能写好，能随便拿一支秃笔就写出好字来，天下只有我和虞世南。虽然对自己的评价有自夸的嫌疑，但对虞世南，确实是由衷认可。把这些优点加到一起，唐太宗说虞世南有五绝。哪五绝呢？德行、忠直、博学、文辞、书翰。还说，如果所有大臣都像虞世南，天下没有治理不好的。能够被当朝皇帝如此看重，应该多少有点沾沾自喜吧？

虞世南有没有呢？当然是有的，这首咏物诗中的蝉，不像骆宾王的蝉那样"露重飞难进，风多响易沉"，也不像李商隐的蝉那样"本以高难饱，徒劳恨费声"，而是"居高声自远，非是藉秋风"，何等潇洒，又何等得意！它知道自己的力量，也知道自己的位置，更妙的是，它自信于自己的力量，也自安于自己的位置，所以，它才镇定自若、气定神闲。这真是一种可遇而不可求的境界。但是，说得意只是虞世南精神中的一面，另一面，无论仕途如何得意，虞世南都不比龙凤、不比鲲鹏，而是借小小的鸣蝉自喻，甘于"饮清露"的书生本色，这不也是一种难能可贵的高洁吗？

这样看来，仕途上也有喜悦，只不过这喜悦不来自权，也不来自钱，而是来自一份自信与自洽。我应该如此，我确实如此，我找到了我的位置。

杜甫《闻官军收河南河北》

　　中国古代，出仕自然喜悦，那是人生的成就；还乡更喜悦，那是情感的归宿。谁都知道，中国是安土重迁的农业民族，自古最重桑梓之情。客居他乡，总会愁肠百结，不免"举头望明月，低头思故乡"；一旦有机会还乡，却又未免"近乡情更怯，不敢问来人"。真是进亦忧，退亦忧。然则何时而乐耶？杜甫这首《闻官军收河南河北》最快乐，因为这不是一个人的还乡，更是一个国的复兴。

闻官军收河南河北

杜甫

剑外忽传收蓟北，初闻涕泪满衣裳。

却看妻子愁何在，漫卷诗书喜欲狂。

白日放歌须纵酒，青春作伴好还乡。

即从巴峡穿巫峡，便下襄阳向洛阳。

剑外：剑门关以南，这里指四川。

蓟北：泛指唐代幽州、蓟州一带，今河北北部地区，是安史叛军的根据地。

妻子：妻子和孩子。

青春：指明丽的春天的景色。

巫峡：长江三峡之一，因穿过巫山得名。

　　杜甫号称诗圣，以苍生为念，忧国忧民。既然忧国忧民，就不免愁肠百结。"感时花溅泪，恨别鸟惊心"也罢，"纨袴不饿死，儒冠多误身"也罢，他的诗里大部分都是感时伤世，所以才会那么沉郁顿挫。但是，这首《闻官军收河南河北》，却号称是老杜生平第一首快诗。

　　这首诗畅快在哪里呢？题目就畅快。题目是《闻官军收河南河北》。官军是什么军队？是唐朝的政府军。河南河北是哪里？河南河北，当然是黄河的南北两岸，这个地理范围，不仅包括了今天的河南省和河北省，还包括了今天的山东省，甚至辽宁省的一小部分地区。收，是从谁手里收呢？从安史叛军手里。公元755年，安史之乱爆发，整个北方遭受战火涂炭，唐朝的东西两京相继失守，老百姓流离失所，杜甫一家，也辗转流落到四川。到762年，唐朝的政府军在洛阳附近打了一个大胜仗，收复河南，随即挺进黄河以北。763年，安史叛军的首领，史思明的儿子史朝义自杀，手下将领纷纷投降，安史叛军的老巢河北地区归附中央，至此，安史之乱宣告结束。

　　所以，《闻官军收河南河北》这题目虽然只有八个字，但背后却是从755年到763年，整整八个年头的安史之乱战争史。八年战乱终于结束，唐朝终于挺过了这场劫难，社会疮痍终于有望平复，漂泊的百姓终于可以回家，听到这个消息，杜甫能不畅快吗？因为有这样的历史背景，所以，这个诗题就畅快。这样畅快的心情，怎么表达出来呢？

先看首联："剑外忽传收蓟北，初闻涕泪满衣裳。"剑外，就是剑门关以南。安史之乱中，杜甫一家辗转流落到梓州，也就是今天四川省三台，正在剑门关的西南方向。杜甫就是在这儿，听说了官军收复河北的消息。那为什么又是"忽传"呢？因为安史之乱的结束，并不是官军积小胜为大胜，逐步推进，最后直捣黄龙；而是叛军内乱，史朝义自杀，手下将领投降的结果。它带有一定的偶然性，因此也就显得突然。换言之，这不是一个大家心理准备都非常充足的好消息，而是有如春雷炸响，倏忽而至。这就是"剑外忽传收蓟北"。

但是，正因为有点突然、有点意外，才会让人一下子陷入狂喜的状态。很多人都知道一首著名的贺年歌曲《恭喜恭喜》："每条大街小巷，每个人的嘴里，见面第一句话，就是恭喜恭喜。"这其实是当年抗战胜利的歌曲，每个人见面都说恭喜恭喜，这就是狂喜。可是杜甫更厉害。他不写"恭喜恭喜"，他写"初闻涕泪满衣裳"。什么叫"初闻涕泪满衣裳"？就是一听之后，马上泪如雨下，涕下沾襟。这句诗真丰富、真传神。胜利了，诗人是什么心情？这心情太复杂了，听到好消息的第一时间，当然是喜悦、激动，接着呢？一定会想起八年的颠沛流离，不免悲从中来。可是，再难再苦的日子，终于要过去了，新的生活要开始了。

想到这里，人又转悲为喜，而且喜不自胜。就这样百转千回、悲喜交加的心情，诗人只一句"初闻涕泪满衣裳"的形象描写，马上，我们都看懂了，也感受到了。这是首联。

再看颔联："却看妻子愁何在，漫卷诗书喜欲狂。"回过神来，诗人就要把这好消息告诉几年来同甘共苦的妻子儿女，可是，回头一看，妻子和儿女的脸上早已挂满笑容。是啊，这个消息，本来就是大家一起听到的，感情，也是人所共有的，诗人既然狂喜，妻子和儿女又怎么可能忧愁呢？几年来压在全家心头的愁云惨雾一扫而光，大家一起笑逐颜开。亲人的喜悦又增加了诗人的喜悦，诗人怎么表达？他"漫卷诗书喜欲狂"。要知道，唐朝的书还不是我们熟知的线装书，而是卷轴装，看的时候，要像画卷一样展开，看完再卷起来，用丝带系好，这才有利于保存。可是此刻诗人既然狂喜，就没有办法像平时那样把书收好了，他拿起平时珍重的诗书，胡乱地卷成一卷儿，这像不像高考之后从楼上往下扔复习题？就是那么传神。当然，还有一种理解，是说"漫卷诗书喜欲狂"的主体不是杜甫，而是妻子儿女。回头看看，妻子儿女的脸上早已没有了愁容，他们正胡乱地卷起诗书。哪一种对呢？我个人的理解是，这首诗是讲诗人自己的所闻所思，每一句前面其实都可以加一个"我"字。我"初闻涕泪满衣裳"，我"却看妻子愁何在"，我"漫卷诗书喜欲狂"……

喜

这样一来，虽然两种理解都算通达，但还是以诗人"漫卷诗书"更为顺畅。问题是，诗人也罢，诗人的妻子儿女也罢，漫卷诗书是要干什么？

看颈联："白日放歌须纵酒，青春作伴好还乡。"漫卷诗书，这是在收拾行李打包呀。胜利了，诗人第一个想到的事情不是别的，而是还乡。怎么回呢？他要唱着歌回，他要喝着酒回，他要在铺天盖地的春色里，自由自在地回。这就是"白日放歌须纵酒，青春作伴好还乡"。要知道，这一年杜甫五十二岁了，在古代已经是白头老翁。但是，胜利的喜悦压倒一切，还乡的喜悦压倒一切，所以诗人"老夫聊发少年狂"，他要痛饮狂歌，他要不顾一切，他要让满目的春光作伴，快快地回到家乡去。白日、青春、放歌、纵酒，这是何等明媚的意象，何等畅快的心情呀！当然，这句诗还有一个写法，叫作"白首放歌须纵酒"，行不行呢？也行，自己已经是白头老翁了，但还要放歌、还要纵酒，这也是喜悦的表达方式。而且，用白首对青春，也工整。但是我个人觉得，白首不如白日好。为什么？因为这里的青春，不是人的青年时代，而是万物生长的春天，诗人实际上是拿白日和春天相对，用自然景色的美好来衬托自己心情的美好。而一个白首，顿时让人产生衰颓的感觉，和诗的整体基调不符。放歌纵酒，春日还乡，诗到这里，已经欣快至极了，怎么收尾呢？

看尾联："即从巴峡穿巫峡，便下襄阳向洛阳。"这是什么？这是诗人在头脑里勾画的回乡线路。诗人身在何处？在梓州。诗人心在何处？在洛阳。杜甫出生在河南巩义，属于洛阳。另外，诗人在洛阳有田园，所以也算洛阳人，更何况，洛阳还是大唐的东都呢！身在梓州，心飞洛阳，怎么走呢？诗人在两句诗中连用四个地名：巴峡与巫峡，是两个峡；襄阳与洛阳，是两个阳。既是句内对偶，又是两句对仗，真是美不胜收。连续拿四个地名作诗，谁还敢？李白敢呀，且看他的《峨眉山月歌》："峨眉山月半轮秋，影入平羌江水流。夜发清溪向三峡，思君不见下渝州。"五个地名连用，真是说不尽的风流潇洒。问题是，这五个地名还分在四句诗里，杜甫更厉害，四个地名，就两句诗，极难驾驭，可是又极其流畅。这四个地名，从四川到湖北，再从湖北到河南，彼此都有漫长的距离，但是，诗人用穿、下、向三个动作，一下子把它们串联到一起，好比电影镜头一样，一个个地点飞驰而过，有如大江放舟、平原走马，气势奔腾而又音韵铿锵，真是一首回乡狂想曲。而且仔细想来，这几个动词用得多准确呀，从巴峡到巫峡，是长江中上游的一段水路，峡谷险峻，水流湍急，小船如飞梭一般，当然是穿；而从巫峡到襄阳一段，虽然还是水路，却已经是水深江阔，可以顺流而下，所以是下；从襄阳到洛阳呢，这是水路改陆路了，每走一步，都是朝着洛阳的方向，所以用"向"，这不就是"即从巴峡穿巫峡，便下襄阳向洛阳"吗？炼字如此精准，这才是老杜啊。

"剑外忽传收蓟北"，这是国之喜事；"青春作伴好还乡"，这是家之喜事。一听官军收复河南河北，马上收拾行装，而且马上神游在路上，这就是中国人对故乡的情义。这不是一个人的回乡之旅，这是安史之乱后多少中原流民的回乡梦与回乡路，也是千百年来多少游子的回乡梦与回乡路，老杜用他的至情至性，把这种急切的心情和奔腾的喜悦表现得酣畅淋漓，这才有全诗欢快明朗的节奏和一泻如注的气势，才有这首所谓平生第一快诗。

怒

　　喜是一种极其正面的心情，而怒刚好和它相反。说到怒，头脑里立刻想起来一词一诗。词是相传岳飞的《满江红》："怒发冲冠，凭栏处、潇潇雨歇。"诗是吴梅村的《圆圆曲》："恸哭六军俱缟素，冲冠一怒为红颜。"一个为国，一个为身，表现出来的，却都是怒发冲冠。其实，古往今来，所谓愤怒，无非就是这两种情况吧，一种是公愤，一种是私愤，可能境界不同，却都是真切的情感，难以抑制，脱口成诗。

李白《行路难》

　　人世间为什么会有愤怒呢？唐朝的诗人刘叉写过一首《偶书》："日出扶桑一丈高，人间万事细如毛。野夫怒见不平处，磨损胸中万古刀。"所谓愤怒，总是因为不平吧。大凡物不平则鸣，诗人到不平处、遇不平事，难免会情动于衷而形于言，发出愤怒的吼声。比如李白的《行路难》。

行 路 难
李白

金樽清酒斗十千，玉盘珍羞直万钱。

停杯投箸不能食，拔剑四顾心茫然。

欲渡黄河冰塞川，将登太行雪满山。

闲来垂钓碧溪上，忽复乘舟梦日边。

行路难！行路难！多歧路，今安在？

长风破浪会有时，直挂云帆济沧海。

斗十千：一斗值十千钱（万钱），形容酒美价高。

直：通"值"，价值。

《行路难》是乐府旧题，讲道路阻塞、世事艰难，也讲离愁别苦。在李白之前，写《行路难》最有名气的是南朝刘宋的鲍照，他写过一组《拟行路难》，一共十八首，慷慨遒劲，对李白产生了莫大的影响。影响大到什么程度？只看他的第六首就知道了："对案不能食，拔剑击柱长叹息。丈夫生世会几时，安能蹀躞垂羽翼？弃置罢官去，还家自休息。朝出与亲辞，暮还在亲侧。弄儿床前戏，看妇机中织。自古圣贤尽贫贱，何况我辈孤且直！"是不是能看出对李白的影响？杜甫评价李白说"清新庾开府，俊逸鲍参军"，绝非虚言。问题是，李白不光有继承，更有创造；不光有模仿，更有升华。他的创造和升华在哪里呢？

先看前四句："金樽清酒斗十千，玉盘珍羞直万钱。停杯投箸不能食，拔剑四顾心茫然。"这不就是对鲍照"对案不能食，拔剑击柱长叹息"的扩充吗？扩充在哪儿呢？首先是在前两句："金樽清酒斗十千，玉盘珍羞直万钱。"这两句一出来，立刻，一个最强烈、最不可思议的对比就出现了。谁都知道，李白是喜欢享乐的人，他说："烹羊宰牛且为乐，会须一饮三百杯。"他还说："人生达命岂暇愁，且饮美酒登高楼。"他爱美食，更爱美酒。仿佛只要有酒有肉，李白就能快乐，就能豪放。可是现在，面对着"金樽清酒斗十千，玉盘珍羞直万钱"，李白居然没有像往常那样"一杯一杯复一杯"，没有"酒后竞风采，三杯弄宝刀"，没有豪饮，没有沉醉，反倒"停杯投箸不能食，拔剑四顾心茫然"，这就是一个最大的不可思议，一下子就抓住了人的感情。这是一个扩充。

还有一个扩充。鲍照的"对案不能食，拔剑击柱长叹息"是什么场景？是一个人食不下咽，一个人感慨叹息。但是李白的"金樽清酒斗十千，玉盘珍羞直万钱。停杯投箸不能食，拔剑四顾心茫然"不一样，它是在高朋满座状态下仍然食不下咽，茫然无措。李白是最爱热闹的，"金陵子弟来相送，欲行不行各尽觞"让他快乐，"李白乘舟将欲行，忽闻岸上踏歌声"也带给他满足。他就像孩子一样喜聚不喜散。可是这一次，不仅美酒失效，这么多朋友，也无法排解李白内心的痛苦，这该是多大的痛苦啊。这是又一个扩充。

还有第三个扩充。扩充在哪儿呢？缤纷的色彩。鲍照的"对案不能食，拔剑击柱长叹息"，是一个非常朴素的句子，这里没有颜色，没有材质。而李白不一样。李白是有贵族气的，他喜欢华丽的东西。所以，就算是一腔孤愤，也要写出华丽的颜色，写出夸张的数字："金樽清酒斗十千，玉盘珍羞直万钱。停杯投箸不能食，拔剑四顾心茫然。"金樽、清酒、玉盘、珍羞这四个连续的名词都是最炫目的，而停杯、投箸、拔剑、四顾这四个连续的动作又是最迷茫的，这样的写法，多美、多有震撼力呀！

　　鲍照也罢，李白也罢，为什么食不下咽呢？为什么茫然失措呢？先看鲍照："丈夫生世会几时，安能蹀躞垂羽翼？"所谓蹀躞，就是小步徘徊。原来，鲍照是因为人生不能像大鹏那样展翅高飞而苦恼。那李白呢？其实李白也是一样的，这首诗正是写在李白被唐玄宗赐金放还之后，所谓"大鹏一日同风起，扶摇直上九万里"已成笑话，"使寰区大定，海县清一"的政治理想更成泡影。英雄失路、报国无门是鲍照和李白共同的悲愤。问题是，李白怎么表达呢？他没有直说世路艰难，而是说"欲渡黄河冰塞川，将登太行雪满山"，这个表达太形象了。想要渡过黄河，冰把河塞住了；想要越过太行，雪又把山封上了。黄河和太行，是大山大河，也是康庄大道，是诗人的理想；而冰和雪，是强大的阻力，更是冷酷的现实，冰塞川、雪满山这样的意象一出来，连我们都觉得彻骨的寒冷。正是这种彻骨的寒冷、巨大的失望才让诗人"停杯投箸不能食，拔剑四顾心茫然"！

　　诗人对现实失望了，对未来茫然了，怎么办呢？先看鲍照："弃置罢官去，还家自休息。朝出与亲辞，暮还在亲侧。弄儿床前戏，看妇机中织。"鲍照选择了回家，"弄儿床前戏，看妇机中织"，这一联写得真好，写出了浓浓的生活气息。回到家中，享受家庭的平静与温暖，这不是今天也经常用到的治愈法宝吗？鲍照就这么做了。李白呢？李白不一样。李白是真正的雄鹰，他的心里只有远方。所以，之前的几句，他还都是在鲍照的基础上做功课，到了这个时候，他终于要和鲍照分道扬镳了。李白说："闲来垂钓碧溪上，忽复乘舟梦日边。"所谓闲来垂钓，是姜太公的典故。姜太公大半生郁郁不得志，宰过牛，做过生意，干什么什么不成。直到七十二岁，在渭水之滨垂钓，得遇求贤若渴的周文王，一举成为太师，辅佐周文王、周武王开创周朝八百年基业。"乘舟梦日"又是谁的典故呢？商朝的创业功臣伊尹。伊尹出身更低，他的父母都是奴隶，伊尹本人种过田，下过厨房，还当过贵族小孩的家庭教师，本来改变命运的希望非常渺茫。可是，有一天，他忽然梦见自己乘着小船，从太阳月亮的旁边划过，结果第二天就得遇商汤，从此辅佐商朝五代君主，治国理政五十多年，死后更是以天子之礼下葬。李白不走寻常路，一直渴望得遇明君，做帝王师，富有传奇色彩的姜太公和伊尹就是他的偶像。现在，虽然"欲渡黄河冰塞川，将登太行雪满山"，但是，想到伊尹、太公当年也曾经半生蹭蹬，却最终一步登天，得君行道，李白的心里又重新燃起了希望，安知自己不是唐朝的太公、伊尹呢！这不就跟鲍照大相径庭了吗？同样是英雄失路，鲍照把目光转向家庭，希望在日常生活中找到安慰；而李白则是把目光投向古人，在古人先难后获、先苦后甜的人生经历中得到勇气。两相比较，还是李白更雄壮啊。

"闲来垂钓碧溪上，忽复乘舟梦日边。"诗写到这里，精神仿佛开朗起来。那接下来呢？接下来是不是就可以心无挂碍地喝酒吃肉了？如果真那样，就是李逵，不是李白了。人的心情往往回环往复，一首诗也要回环往复才有幽深之美。太公、伊尹的际遇固然让诗人神往，让他升起了希望，但是，从理想回到现实，前途的困惑再上心头。"行路难！行路难！多歧路，今安在？"这四句三言诗，短促跳跃，就像诗人的内心，是那样的不安而又挣扎。诗人似乎是进退失据，又似乎是在左冲右闯，这几句诗也正像鼓点一样，伴随着诗人内心的脚步。那么，诗人到底找到出路没有？

看最后两句："长风破浪会有时，直挂云帆济沧海。"所谓长风破浪，用的是南朝刘宋将领宗悫的典故。宗悫小的时候，叔叔问他，长大后想干什么？我们小的时候恐怕都回答过类似的问题，小朋友会说当警察、当科学家、当老师，会搜肠刮肚，说一个最让自己心醉的职业。但是，宗悫没有选择任何一种具体的职业，他说："愿乘长风破万里浪！"这句话说得太有少年气象，也太有英雄气象了，所以，直接被同样有少年气象和英雄气象的李太白借用过来："长风破浪会有时，直挂云帆济沧海！"前一句不是说"多歧路，今安在"吗？那么，诗人到底找到道路没有？并没有。但是，比这更重要的是，诗人找回了信心。也许此刻还不知道道路在哪里，但是，他相信必定会有长风破浪的那一天，到时候，他会高高地挂起云帆，横渡沧海。这是什么？这就是千载之后还让人赞叹不已的太白本色。他可能失败，但永不言败；他可能悲愤，但永不沉溺。

那鲍照是如何结尾的呢？鲍照说："自古圣贤尽贫贱，何况我辈孤且直！"鲍照最终还是那么郁郁不平，气势是下沉的；而李白呢，他靠自己强大的精神力量重拾信心，"长风破浪会有时，直挂云帆济沧海"，写得虎虎有生气，他的气势是上扬的。这两句诗自带鼓舞人心的力量，所以，今天我们还会在各种场合反复引用，和"天生我材必有用"一样，成为金句，激励着一代又一代奋斗中的人。

有怒气，更有壮气，这才是属于李白的《行路难》。

何当击凡鸟，毛血洒平芜。

高适《燕歌行》

（军旅不公）

　　当一个时代出了问题，大家都会愤怒。李白面对的问题是朝廷不用，"欲渡黄河冰塞川，将登太行雪满山"，他为自己愤怒；高适遇到的问题是军旅不公，"战士军前半死生，美人帐下犹歌舞"，他为同袍愤怒。无论为了谁、因为什么，他们共同面对的时代是唐玄宗统治的中后期。那个时代，也许在经济上仍然是物华天宝，但在精神上，唐朝已经出现了巨大的阴影。诗人的心灵是单纯的，但他们的嗅觉最灵敏，他们嗅到了腐朽，他们喷出了怒火。

怒

燕 歌 行

高适

汉家烟尘在东北，汉将辞家破残贼。男儿本自重横行，天子非常赐颜色。

拟金伐鼓下榆关，旌旆逶迤碣石间。校尉羽书飞瀚海，单于猎火照狼山。

山川萧条极边土，胡骑凭陵杂风雨。战士军前半死生，美人帐下犹歌舞。

大漠穷秋塞草腓，孤城落日斗兵稀。身当恩遇常轻敌，力尽关山未解围。

铁衣远戍辛勤久，玉箸应啼别离后。少妇城南欲断肠，征人蓟北空回首。

边庭飘飖那可度，绝域苍茫更何有。杀气三时作阵云，寒声一夜传刁斗。

相看白刃血纷纷，死节从来岂顾勋？君不见沙场征战苦，至今犹忆李将军。

汉家：借指唐朝。

拟（chuāng）金伐鼓：军中鸣金击鼓。拟金：敲锣。

凭陵：逼压。凭信威力，侵凌别人。

腓（féi）：病，枯萎。一作"衰"。

铁衣：借指将士。《木兰辞》："寒光照铁衣。"

刁斗：古代军中煮饭用的铜锅，可用来敲打巡逻。

高适和岑参合称高岑，都是唐朝最著名的边塞诗人。区别在哪里？
抛开细节不谈，有两点最为关键。第一，岑参重自然，高适重人文；第二，
岑参气盛，高适思深。为什么这么说？看这首《燕歌行》就知道了。

《燕歌行》是一个乐府旧题，原本是曹丕创作的曲调，我们熟悉的"秋
风萧瑟天气凉，草木摇落露为霜"，就是最早的《燕歌行》，讲思妇的哀
怨。此后诗人们也都按照这个路子往下写。但是唐朝人就是唐朝人，《燕
歌行》到了高适这里，完全打破了闺怨诗的格局，变成了一首壮怀激烈，
而又感慨深沉的边塞诗。这首诗很长，一共 28 句，可以分成四个部分。

第一部分是前八句："汉家烟尘在东北，汉将辞家破残贼。男儿本
自重横行，天子非常赐颜色。摐金伐鼓下榆关，旌旆逶迤碣石间。校尉
羽书飞瀚海，单于猎火照狼山。"这在写什么？写出征。为什么出征呢？

"汉家烟尘在东北，汉将辞家破残贼。"以汉比唐，这是唐朝诗人的常
态。将军之所以要出征，首先是因为东北起了烟尘。边疆告警，将军辞
家，这是一个非常正义，也非常雄壮的开篇。但是，为国靖边，并不是
出征的唯一理由。还有什么呢？还有下两句："男儿本自重横行，天子
非常赐颜色。"原来，将军本来就有强烈的立功之心，而天子又格外地
予以奖励。这两句诗是褒还是贬？非常微妙。一方面，将军有求胜之心，
皇帝有开边之志，这让人觉得昂扬；但是，另一方面，中国儒家有反战

的传统，并不主张打无谓的战争，更不主张过度求战。

汉朝的时候，匈奴犯边，大将樊哙在吕后面前夸口说："臣愿得十万众，横行匈奴中。"季布便斥责他当面欺君，罪当斩首。所以，这里说"男儿本自重横行"，其实蕴含了微妙的讽刺，说他像当年的樊哙那样，立功心切，盲目好战。而天子对将军的这种争胜之心，不仅没有警惕、没有诫勉，反而"非常赐颜色"，对他鼓励纵容，显示出天子也是个好大喜功之人，让人隐隐约约嗅到了一点儿不安的气息。但无论如何，将军已经开拔了，所以接下来两句，是讲出征的场面："摐金伐鼓下榆关，旌旆逶迤碣石间。"所谓摐金，就是敲锣。军队敲锣打鼓，直奔榆关，也就是山海关而去，他们的旌旗，就在碣石山间猎猎飘扬。这个行军的场面大不大？非常大，非常招摇，但是，和岑参的"将军金甲夜不脱，半夜军行戈相拨"相比呢，你更喜欢哪一个？如果旁观，你一定会觉得"摐金伐鼓下榆关"更气派，但是，若真的经历过战争，你就会知道，"夫兵者，凶器也，战者，危事也"。面对种种不测，如此招摇，未必妥当。唐朝这边在挺进，敌人呢？敌人也没有闲着。"校尉羽书飞瀚海，单于猎火照狼山。"羽书，相当于我们熟悉的鸡毛信，也就是告急文书。单于，本来是匈奴首领的称号，在这里代指敌军首领。而狼山，则是阴山山脉的西段，在这里代指边疆战场。那什么是猎火呢？这猎火不是打猎的火光，而是曹操所谓"今治水军八十万众,方与将军会猎于吴"的猎火,说白了,就是战火。就在将军大摇大摆出征的同时,边疆的战火已经点燃,告急的文书也纷至沓来,很显然,双方都已摩拳擦掌,两支军队即将开战。

那么,战争究竟会怎么打呢?看第二部分,还是八句:"山川萧条极边土,胡骑凭陵杂风雨。战士军前半死生,美人帐下犹歌舞。大漠穷秋塞草腓,孤城落日斗兵稀。身当恩遇常轻敌,力尽关山未解围。"这在讲什么?讲战败被围。将军那么自信,为什么会战败呢?先看前两句:"山川萧条极边土,胡骑凭陵杂风雨。"这是在讲自然环境的险恶。山川萧条,草木零落。一片肃杀之中,敌军卷地而来,伴随他们的,还有狂风暴雨。险恶的环境、不利的天气,已经给了远道而来的战士们当头一棒,更糟糕的还在后头:"战士军前半死生,美人帐下犹歌舞。"战士们白刃相搏、伤亡惨重的时候,将军在哪里?他正在远离战场的大帐之中,看着美人唱歌跳舞呢!"战士军前半死生,美人帐下犹歌舞",两个如此不协调的场面对比给人一种最强烈的震撼。谁都知道战争是残酷的,因此,"晓战随金鼓,宵眠抱玉鞍"的辛劳可以接受;"誓扫匈奴不顾身,五千貂锦丧胡尘"的牺牲也可以接受;但是,"战士军前半死生,美人帐下犹歌舞"这样赤裸裸的腐败、漠视与不公却让人无法接受。它让人愤怒,也令人绝望。将军求功心切,却又如此腐败荒唐;战士舍命而来,却又如此伤心失望,

怒

战争怎能不失败呢！所以紧接着，真正的失败场面出现了："大漠穷秋塞草腓，孤城落日斗兵稀。"孤城落日、衰草连天，景象的荒凉，衬托着兵败的凄凉。一天的战斗下来，战士们死的死、伤的伤，到了日落时分，还能作战的士兵已经越来越少。"身当恩遇常轻敌，力尽关山未解围"，这两句诗的感情何其复杂！有对将军轻敌与腐朽的愤懑，有对战士尽力厮杀的敬重，更有对他们身陷重围的深深怜悯。

已经写到战败被围，接下来呢？看下八句："铁衣远戍辛勤久，玉箸应啼别离后。少妇城南欲断肠，征人蓟北空回首。边庭飘飖那可度，绝域苍茫更何有。杀气三时作阵云，寒声一夜传刁斗。"这一部分真神奇。本来在写战场的厮杀，而且已经写到战败，让我们觉得已经写无可写了。没想到，诗人忽然荡开一笔，写起了军人和他们的妻子。"铁衣远戍辛勤久，玉箸应啼别离后。少妇城南欲断肠，征人蓟北空回首。"所谓铁衣，当然是铠甲，是戎装戍边的战士；而玉箸则是泪水，是牵肠挂肚的妻子。战士走得太远太久，妻子的泪水流了又流。这一边是城南少妇肝肠寸断，那一边是蓟北征人频频回首。思妇天天遥望边关，可是"边庭飘飖那可度"，她们怎么也到不了边庭；征夫时时回首故乡，可是"绝域苍茫更何有"，他们更是看不见故乡。连着三联诗句，一句征夫，一句思妇，一句思妇，一句征夫，他们相互思念，他们相互牵挂，他们相隔万里，他们相会无期。这错综交互的诗句就好像反复转换的镜头，随着镜头的不断切换，悲剧性也在不断加深，忽然，一声刁斗传来，镜头不再转换，而是重新切回战场："杀气三时作阵云，寒声一夜传刁斗。"所谓三时，是早午晚三时；而刁斗就是"空闻虎旅传宵柝"中的"宵柝"，白天做饭，晚上打更。举目望去，只见战场上空那仿佛由杀气凝成的阴云；倾耳听来，只听到那带着夜间寒气的刁斗。原来，刚刚那家乡、那思妇都是身陷重围的战士们头脑中的想象，一声刁斗，敲破了寒夜，也敲断了他们的思绪。黎明到来了，最后的突围战也即将打响。

这就是第四部分，也是最后四句："相看白刃血纷纷，死节从来岂顾勋？君不见沙场征战苦，至今犹忆李将军。"残存的战士和敌人短兵相接了，白刃挥舞，鲜血纷飞。战士们浴血奋战，难道真是为了回去得到什么勋赏吗？不是的，他们只是尽着军人的本分，以死报国而已。"相看白刃血纷纷，死节从来岂顾勋"，这两句诗多么残酷，又多么悲壮！战士们的牺牲恰恰和将军"男儿本自重横行"的冒进，"美人帐下犹歌舞"的腐败形成鲜明对照，也催出了全诗的最后两句："君不见沙场征战苦，至今犹忆李将军。"李将军是汉朝的飞将军李广，若论功业，他不及卫青，不及霍去病。既然如此，为什么这首诗，还有唐朝的好多边塞诗，都一遍一遍地提到李将军？因为李广爱兵如子。士兵不喝到水，他不近水边；

士兵不吃到饭，他不尝饭食。他把士兵当弟兄，士兵也都敬他如兄长，他兵败自杀之后，认识和不认识他的人，都为他痛哭流涕。诗人之前以将军对应士兵，以征人对应思妇，到这一句，他拿出了最后一个，也是最深沉的一个对应：以古对今。他多么希望，唐朝的将军们也能够像汉朝的李将军一样，拿战士的生命当生命，减少不必要的痛苦和牺牲啊。

事实上，高适这首诗不是凭空写成，而是有感而发。唐玄宗开元后期，唐朝东北部战争不断。开元二十四年（736），安禄山冒险攻打奚和契丹，大败而归；开元二十六年（738），乌知义同样轻率地发动对奚和契丹的战争，又以失败告终。可是，作为他们的统帅，幽州节度使张守珪却谎报成胜仗，向朝廷邀功。高适听说了这件事，感慨忧虑，才写了这首《燕歌行》。可惜的是，唐玄宗也罢，整个朝廷也罢，并没有读懂高适的忧虑，继续盲目开边，继续加重东北节度使的兵权，最后才导致了安史之乱的发生，让大唐盛世戛然而止。这不是历史的悲剧吗？

我们之前说过，盛唐的边塞诗是昂扬的。但是，战争残酷，生命无价。一味昂扬其实不免浅薄，只有在昂扬的气势中加上深沉的反思，才能让边塞诗真正饱满起来，闪耀出人性的光辉。从这个意义上讲，《燕歌行》不仅是高适的代表作，也是整个盛唐边塞诗的标杆。因为高适的这一怒，叫作良知。

燕山雪花大如席，片片吹落轩辕台。

蒙
曼
品
最
美
唐
诗
：
人
生
五
味

怒

骆宾王《在狱咏蝉》

（蒙冤受屈）

　　李白的朝廷不用之怒与高适的军旅不公之怒都很大，也很激昂。但并非所有的愤怒都有这样宏大的时代背景和雄壮的英雄基调。怒生于不平，有的时候，这不平非常私人化，但是，仅仅针对私人的不平更让人觉得冤屈，让怒里带着怨，愤里含着悲。比如骆宾王的《在狱咏蝉》。

在狱咏蝉

骆宾王

西陆蝉声唱，南冠客思深。

不堪玄鬓影，来对白头吟。

露重飞难进，风多响易沉。

无人信高洁，谁为表予心？

西陆：指秋天。

玄鬓：指蝉的黑色翅膀，也用来比喻人正当盛年。

　　骆宾王大家都知道，是初唐四杰之一。神童出身，七岁就写下那首著名的《咏鹅》："鹅鹅鹅，曲项向天歌。白毛浮绿水，红掌拨清波。"这首诗入选了小学一年级课本，一举成为所有中国孩子的童年回忆，知名度不亚于李白的《静夜思》。事实上，骆宾王也是"初唐四杰"中留下诗作最多的人。但是，这首咏蝉诗很不一般，它是一首在狱中写就的诗。有道是"文章憎命达"，诗人大多天真，又喜欢说话，有时候说多了，不免触犯各种忌讳，常常被贬官，或者干脆当不了官。但是，不得志归不得志，一般还不至于达到身陷囹圄的程度。骆宾王何以至此呢？

　　说起来这和武则天息息相关。当时虽然还是唐高宗时代，但武则天已经晋升天后，在权力的道路上越走越远。武则天一路上位，不知打破了多少规矩，突破了多少底线。而这些规矩和底线，恰恰是骆宾王作为一个士人内心坚守的东西。骆宾王当时的身份是侍御史，算是监察官员。监察谁呢？他居然监察到武则天头上去了，不断上书武则天，奉劝她就此止步。这当然会触怒武则天。于是就有人见风使舵，诬陷他贪污。监察官员自己贪赃枉法当然是重罪，所以，骆宾王被抓起来，关在大理寺的监狱里，等候命运的裁决。一旦到了这个地步，确实就是对人心志的极大考验。达观如苏东坡，在狱中不是也会写下"梦绕云山心似鹿，魂飞汤火命如鸡"这样颓丧的诗吗？那么，骆宾王这首诗会怎么写呢？

先看首联："西陆蝉声唱，南冠客思深。"所谓西陆，就是秋天。《隋书·天文志》讲："日循黄道东行，一日一夜行一度，三百六十五日有奇而周天。行东陆谓之春，行南陆谓之夏，行西陆谓之秋，行北陆谓之冬。"根据这个原则，春天可以叫东陆，夏天叫南陆，秋天叫西陆，冬天叫北陆。所谓"西陆蝉声唱"，其实就是秋日蝉鸣的意思。那南冠又是怎么回事呢？现在一般的唐诗选本也罢，乃至中学课本也罢，讲到南冠，都直接解释成囚徒。所谓"南冠客思深"，就是我这个囚犯思绪万千。这个解释没错，但是，南冠的含义，可远比囚徒要深。为什么呢？

"南冠"这个词，最早出现在《左传》里。讲的是楚国人钟仪的事情。春秋时期，楚国官员钟仪因为打仗失利，被俘虏到了晋国。他思念故国，当了两年俘虏，都一直不改楚国人的穿着打扮。有一天，晋景公看见了他，很好奇，就问："南冠而絷者，谁也？"（那个戴着南方帽子的俘虏是谁呀？）别人告诉他，是楚国人钟仪。晋景公询问钟仪的家世背景，钟仪回答说，是乐官。晋景公又问，你会奏乐吗？钟仪说，这是我父亲的职业，我怎么可能不会呢？晋景公于是让他奏乐。结果，钟仪奏出来的，都是充满楚国风味的音乐。再问他怎么评价楚国国君，他的回答也非常得体。晋国君臣都说，这个楚国人是个君子。为什么呢？因为他不忘本、不忘旧，符合仁、信、忠、敏的四种美德。所以不仅把他放了回去，还让他担任了晋楚两国和谈的使者。明白这个典故我们就能知道，南冠也罢，楚囚也罢，确实是囚徒，但又不是一般的囚徒，而是有节操的囚徒。所以，骆宾王这一句"南冠客思深"，不仅仅是拿南冠来对西陆，还是在表明自己的德行操守。这也就给全诗奠定了一个基调，这不是认罪诗，而是一个被诬下狱之人的内心独白，这是从情绪的角度说。那如果从写法的角度说呢？刘勰《文心雕龙·物色》讲："情以物迁，辞以情发。一叶且或迎意，虫声有足引心。"人心有所感，才要发之于诗，而心有所感，又往往因为外物触发。在监狱之中听到秋蝉哀鸣，足以引起诗人对自身命运的感慨，所以起首一句"西陆蝉声唱，南冠客思深"，其实是古诗中起兴的手法，以蝉对人，以蝉引人。那接下来呢？

看颔联："不堪玄鬓影，来对白头吟。"这还是以蝉对人。什么是玄鬓影？玄鬓本来是一种发式。蝉不是通体黑色，又有一对薄薄的黑翅吗？古代妇女就模仿蝉的样子梳成发髻，称为蝉鬓，又叫玄鬓。玄鬓本来就是对蝉的模仿，那反过来说，玄鬓也就可以代指蝉。以玄鬓对白头，其实是说，秋蝉乌黑，但自己备受摧残，华发渐生，两两相对，不禁内心伤感。但这只是最直白的那层意思。背后还有什么意思呢？要知道，诗人先是听到秋蝉吟唱，进而看到蝉影，然后才引发对自身遭遇的感慨。所以，这个"玄鬓影"背后，还有秋蝉的歌声。诗人是说，当年，自己也曾经意气风发，像蝉那样高唱不休，可是现在呢？两鬓斑白、一事无成也就罢了，居然还进了监狱，少年才子监狱老，这是何等讽刺、何等可悲呀！这是第二层意思。那还有没有别的意思？还有。要知道，白头吟不仅是白头之人的吟唱，它还是乐府曲调。相传汉代卓文君慧眼识英雄，嫁给贫贱之中的司马相如，谁知司马相如富贵后，用情不专，要抛弃卓文君。卓文君愤而创作《白头吟》："凄凄复凄凄，嫁娶不须啼。愿得一心人，白首不相离。"诗人在这里用"白头吟"是什么意思呢？要知道，古代有用男女关系代指君臣关系的传统，诗人是说，就像司马相如辜负卓文君的爱情一样，朝廷也辜负了我对国家的一片赤诚啊。自己精忠报国，反倒身陷囹圄，不也让诗人觉得悲愤不堪吗？"不堪玄鬓影，来对白头吟"，这么复杂的意思，这么深沉的感慨，就隐藏在这寥寥十个字里，这不就是我们一直强调的唐诗的蕴藉之美吗？

首联和颔联都是用起兴的手法，以蝉引人，蝉人对写。那颈联呢？颈联单写蝉了："露重飞难进，风多响易沉。"秋凉露重，蝉要想飞也飞不起来了；秋风萧瑟，蝉鸣夹杂在风声里，也不再响亮。这只是在写蝉吗？当然不是，这是在用比的手法写自己。所谓露重风多，其实是说政治环境险恶；所谓飞难进，响易沉，其实是说自己仕途不得意，言论被压制，直至人身也失去自由。这秋日悲鸣的蝉，正如末路呼号的诗人，人就是蝉，蝉就是人，蝉和人融为一体，这就是咏物诗的精妙之处。

那怎么结尾呢？看尾联："无人信高洁，谁为表予心？"这其实既是比，又是直抒胸臆。为什么说它是比呢？因为"无人信高洁"首先仍然是在讲蝉。蝉远离世俗，高居树上，餐风饮露，清心寡欲。可是，谁信它真的如此呢？同样，诗人也立身修行，清白无玷，可是，世事污浊，黑白颠倒，他居然会被诬陷贪赃入狱。他的高洁，又有谁信呢？这是以蝉比人。那为什么又说是直抒胸臆呢？因为"谁为表予心"。蝉的高洁，有诗人替它表白；诗人的高洁，又有谁能代为表白呢？这就好比《红楼梦》里林黛玉的《葬花吟》："尔今死去侬收葬，未卜侬身何日丧？侬今葬花人笑痴，他年葬侬知是谁？"《葬花吟》中，人和花是一体的，《在狱咏蝉》中，人和蝉也是一体的。可是，虽然人蝉一体，诗人毕竟不是蝉，不能真的在蝉那里找到慰藉。所以，"无人信高洁，谁为表予心"一联，除了有清白被诬的冤屈不平，更有世无知音的寂寞孤独。这冤屈和寂寞用一个问句问出，问得直白，问得悲愤。在这一问里，诗人已经脱去了前三联的"蝉身"，直接以诗人的名义发问："谁为表予心？"这不仅仅是骆宾王的问题，更是千古忠诚不表，负罪含冤之人的共同心声："无人信高洁，谁为表予心？"它和杜甫《蜀相》中的"出师未捷身先死，长使英雄泪满襟"一样，不再是诗人自身的问题，而是具有了一种广大的代表性，因此也就具有了长久的震撼人心的力量。

唐朝有三首著名的咏蝉诗，一首出自虞世南，一首出自骆宾王，还有一首出自李商隐。我们之前已经说过虞世南的咏蝉诗，"居高声自远，非是藉秋风"，按照清人施补华《岘佣说诗》的说法，那是"清华人语"，写得高贵潇洒。而这首"露重飞难进，风多响易沉"则是"牢骚人语"，是感时伤世，悲郁难平。不知"谁为表予心"的骆宾王一直在寻找知音，最后找到没有？从历史上看，似乎是找到了，就在写这首诗六年之后，他参加了徐敬业反对武则天称帝的"扬州起兵"，还为徐敬业写了著名的《讨武曌檄》："一抔之土未干，六尺之孤何托？"让武则天本人都为之折服。但是，从另一方面讲，他也没有找到知音。因为徐敬业个人野心太大，他不光是反对武则天当皇帝，更是想自己当皇帝。换句话说，他的动机不纯，他并不高洁。

无论如何，就是这次起兵葬送了骆宾王，让他从此不知所终，消失在了历史的烟尘中。我们常常讲，唐朝这个伟大的时代成就了许多诗人，但是，同样是这个伟大的时代，也吞没了不少优秀的诗人。这就是历史的复杂之处吧。

向前敲瘦骨，犹自带铜声。

（举国麻木）

杜牧《泊秦淮》

鲁迅先生有一句名言，叫"哀其不幸，怒其不争"。他对阿Q是这个态度，对华老栓一家是这个态度，对祥林嫂也是这个态度。确实，哀和怒有共性，它们可能针对的是同一种状况——麻木。一个人麻木了，就不会再愤怒，但是，如果一个社会麻木了，那么，它会引发诗人的愤怒。这就是杜牧夜泊秦淮，听到歌女欢唱时的心情。

怒

泊 秦 淮

杜牧

烟笼寒水月笼沙，夜泊秦淮近酒家。

商女不知亡国恨，隔江犹唱后庭花。

秦淮：秦淮河。

商女：以卖唱为生的歌女。

后庭花：歌曲《玉树后庭花》的简称。南朝陈皇帝陈叔宝（陈后主）溺于声色，作此曲与后宫美女寻欢作乐，终致亡国，所以后世把此曲作为亡国之音的代表。

在唐朝的诗人里，杜牧最当得起"雄姿英发"这个词。之所以雄姿英发，是因为他有三个优势无人能及。第一是出身好。杜牧出身名门望族京兆杜氏。这个家族从西汉时期开始就赫赫扬扬，人才辈出。唐朝贞观年间的贤相杜如晦就出身京兆杜氏，所以当时有一个说法，叫"城南韦杜，去天尺五"。杜牧的爷爷杜佑官至宰相，建功立业之余还不忘著书立说，他修撰的《通典》，开创了中国典志体史书的先河，直到今天也是中国古代史专业学生的必读书。出身这样的家族，杜牧既有名门望族的华贵，又有诗书人家的风雅，还有政治世家独特的敏锐和担当，在整个唐朝的诗人群体里无出其右者。

第二是才干好。杜牧二十六岁进士及第，同年又制举登科，这可是很不容易做到的事情，连杜牧自己都有点飘飘然，写诗说："家在城南杜曲旁，两枝仙桂一时芳。"中进士雅称蟾宫折桂，制举登科算是再折一枝，杜牧说，我一时之间，就折了两枝桂花，真是得意。读书之外，杜牧还懂政治、知兵法。中学课本选过杜牧的《阿房宫赋》："呜呼！灭六国者六国也，非秦也。族秦者秦也，非天下也。嗟乎！使六国各爱其人，则足以拒秦。使秦复爱六国之人，则递三世可至万世而为君，谁得而族灭也？秦人不暇自哀，而后人哀之。后人哀之而不鉴之，亦使后人而复哀后人也。"气势磅礴而议论深刻，真有政治家气象。更难得的是，

怒

杜牧在十几岁的时候就精研兵法，写过十三篇《孙子》注解，李白说，"但用东山谢安石，为君谈笑静胡沙"，那是说大话，但是，杜牧给当朝宰相上"平虏策"，还真的被采纳了。文人知兵，也算美谈。

第三是幸运，是遇到的人都好。杜牧去考进士那年，自己都没有去找大文豪行卷，大文豪就主动来帮助他了。当时有一位文坛前辈吴武陵与杜牧素昧平生，只是因为看到了他写的《阿房宫赋》，就直接找到主管科举的礼部侍郎崔郾，非要人家点杜牧做状元。偏偏那年的状元早有内定人选，最后，吴武陵到底给杜牧争了一个第五名，这不是遇到好人了吗？后来杜牧到淮南节度使牛僧孺手下做幕僚，贵公子习气发作，整天到秦楼楚馆去跟歌伎胡闹，所谓"十年一觉扬州梦，赢得青楼薄幸名"。牛僧孺不便说他，又怕他出事，就派人每天跟着，暗中保护他。后来杜牧调动工作，牛僧孺给他饯行，奉劝他说，你才干这么好，必定前程远大，就是不要太放纵，伤了身体，还容易让人家抓住把柄。杜牧死不承认，还说，我检点得很呀！牛僧孺笑而不答，让人拿出整整一匣子纸条，每条都写着，杜牧今天夜宿某处，平安无事。杜牧一看，真是又感动，又惭愧，到哪里找这么好的领导啊？

为什么要说这三个优势呢？因为这直接影响了杜牧的诗风。杜牧关心政治，偏又身处晚唐，积弊难返，英雄无用武之地，可谓"才自清明志自高，生于末世运偏消"。所以他喜欢写怀古诗，借古人旧事来浇心中块垒，这让他的诗深沉感慨；但是，又因为杜牧的人生顺风顺水，所以他只感慨，不凄凉，这又让他的诗俊朗风流。深沉俊朗，最后就成了小杜风范，这首《泊秦淮》也是如此。

《泊秦淮》这首诗好到什么程度？现在大家一提南京，都立刻想到秦淮河，想到六朝烟水，秦淮河也因此号称"中国第一历史文化名河"。但是，要知道，这条河在历史上曾经叫过好多名字，直到唐朝才改叫秦淮，又直到杜牧的《泊秦淮》出名，它的名字才广为传诵，此后再也没有改过。换句话说，没有秦淮河，当然没有杜牧这首诗，但是，没有杜牧这首诗，其实也就没有今天的秦淮河。这首诗究竟好在哪里呢？

先看第一句："烟笼寒水月笼沙。"我们今天写文章，经常讲凤头豹尾，是说文章开头一定要写好。杜牧这第一句话就符合凤头的原则，写得真漂亮。漂亮在哪儿？在两个"笼"字。"烟笼寒水月笼沙"，秦淮河里的水也罢，秦淮河边的沙也罢，都笼罩在一片月光水汽之中，都那么迷蒙，迷蒙得像一个梦。这种梦幻感、迷茫感一出来，马上，这首诗的感觉也就出来了。什么感觉呢？旧游如梦，往事随风，这正是怀古诗的感觉呀。一句话定下一首诗的基调，这是第一好。第二个好在哪里？在"烟"和"月"两个字。不知道大家想过没有，为什么是"烟笼寒水月笼沙"，而不能倒过来，"月笼寒水烟笼沙"？可能有人会说，这本来是互文呀，"烟笼寒水月笼沙"，其实就是烟和月笼罩着水和沙，之所以分开写，是为了文字漂亮、音韵响亮。这话没错，但是，就算互文，也只能写成"烟笼寒水月笼沙"，而不能说是"月笼寒水烟笼沙"。为什么呢？首先，烟和水都是流动的，而月和沙都是相对静止的，这是以动对静。其次，烟和水色青，而沙和月色白，这是以青对白。一句"烟笼寒水月笼沙"，动静相对，青白相应，必当如此，不容更换。它是宁静柔软的，但又是清冷迷蒙的，一下子，秦淮河的风韵已经扑面而来了。

再看第二句："夜泊秦淮近酒家。"这其实是一个倒装写法。本来，这句话应该是放在前面的，因为诗人先要夜泊秦淮，才能看见"烟笼寒水月笼沙"的景色。可是，如果写成"夜泊秦淮近酒家，烟笼寒水月笼沙"，那就太平铺直叙了。所以诗人干脆倒过来，先声夺人，先写扑入眼帘的景致，然后再追述夜泊秦淮的背景，这样一来，主次分明，不就有韵味了吗？如果说"夜泊秦淮"四个字是用来交代前一句的，那么"近酒家"三个字就用来勾连下两句了。

"商女不知亡国恨，隔江犹唱后庭花。"所谓商女，就是歌女。诗人只有靠近酒家，才能听到里面歌女的歌声。歌女在唱什么呢？她们正在唱《后庭花》。就这一首《后庭花》，一下子让诗人打开了情感的闸门，无限感慨随之而来。《后庭花》是什么？《后庭花》的全名是《玉树后庭花》，是陈朝的末代皇帝陈叔宝陈后主所制的曲子。陈后主还亲自填了词。其中两句是"妖姬脸似花含露，玉树流光照后庭"，所以就叫"玉树后庭花"。这词也罢，曲也罢，本来也没有什么特别不妥的地方，就是讲美女如花，宫体诗不都是这个样子吗？但是，当年，隋朝的大军就要打过长江了，陈后主不思自强，还和张贵妃等一干美女浅吟低唱着《玉树后庭花》，这不就是醉生梦死吗？结果隋朝大军从天而降，陈叔宝成了亡国之君，《玉树后庭花》也因此成了亡国之音。这是多么惨痛的历史教训啊！可是，歌女哪里知道这歌声里藏着亡国之痛？她们还在岸上的酒家里唱着这首歌给客人劝酒助兴。这让船上的诗人隔江听来，该是何等感慨！

那么，诗人是在谴责歌女吗？又不是。歌女唱什么歌，还不是随着客人的喜好！秦淮河上的客人是什么人呢？当然不乏被朱佩紫的达官显贵。歌女们唱《玉树后庭花》，背后是达官贵人听《玉树后庭花》，就算歌女无知，贵人们岂能不知这是亡国之音！他们什么都知道，但是，他们还是选择装不知道，选择掩耳盗铃，选择醉生梦死，这不是和陈后主时代一样了吗？所以这两句诗妙在哪里？妙在"不知"，妙在"犹唱"。不知的背后是知道，犹唱的背后是不理会。知道而不理会，就意味着不接受教训，意味着历史悲剧即将重演。这不正是杜牧在《阿房宫赋》中讲的那句话吗？"秦人不暇自哀，而后人哀之。后人哀之而不鉴之，亦使后人而复哀后人也。"一样的忧愤，一样的政治家心肠，只不过那是文，这是诗罢了。

刘禹锡的名作《乌衣巷》说："旧时王谢堂前燕，飞入寻常百姓家。"用一只小小燕子，寄托了盛衰之叹。杜牧这首《泊秦淮》，则是用一首流行歌曲，串起了兴亡之感。这种兴亡之感带着金陵故都、秦淮烟水的特有烙印，一下子就让秦淮河的形象定格了。后来王安石写《桂枝香·金陵怀古》，最后一句是："至今商女，时时犹唱，后庭遗曲。"就是向杜牧致敬。此后骚人墨客再写秦淮河，也都脱不了杜牧的影子。

秦淮河的波涛是温婉的，杜牧的哀与怒也不喊不叫，他只是白描着烟水，也白描着伤痛。但是，这貌似风轻云淡的白描，却有着沉甸甸的力量，历千年而不朽，反复出现在沉沦的年代，不停地敲击着麻木的心灵。

哀

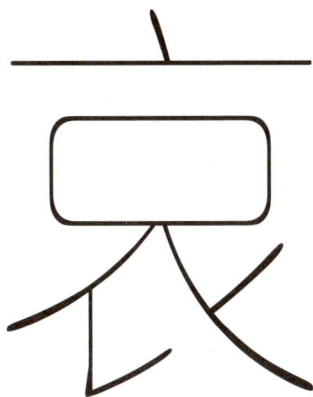

　　说到哀这个话题，不禁想起了曹植的《七哀诗》："明月照高楼，流光正徘徊。上有愁思妇，悲叹有余哀。"这首诗很有名，但是，许多人不知道，《七哀诗》不是一个具体的题目，它和《长干行》《行路难》一样，是汉魏乐府的一个大题目，反映的是社会动荡、人生流离的大悲伤。那为什么叫七哀呢？按照唐朝吕向的解释："谓痛而哀，义而哀，感而哀，怨而哀，耳目闻见而哀，口叹而哀，鼻酸而哀。"这个解释有点迂腐，但是，基调并不错。人生的哀伤那么多，又何止七种！哀没有怒那么大的爆发力，但却更深沉绵长。如果说怒是一座火山，那哀可能是火山顶上的湖泊，是火山冷却后的泪滴。

李商隐《马嵬》

　　怒的前提是不平，而哀的前提则是可怜。哀总是针对着大大小小的悲剧，有的属于国家，有的属于个人。唐朝的历史上有一个惊天动地的大悲剧，叫安史之乱，那是唐朝由盛转衰的转折点。这个大悲剧里又套着一个动人心魄的小悲剧，叫马嵬之变，那是唐玄宗与杨贵妃由恩爱到死别的转折点。在历史长河中，这悲剧只是一个瞬间断面，但在诗人的心灵里，它却成了那样深不见底的一个空洞，盛着无穷无尽的叹息与回味，也盛着无穷无尽的感慨与哀愁。很多人都知道白居易的"天长地久有时尽，此恨绵绵无绝期"，其实，这种遗恨不仅属于白居易，也属于李商隐。

马 嵬

李商隐

海外徒闻更九州，他生未卜此生休。

空闻虎旅传宵柝，无复鸡人报晓筹。

此日六军同驻马，当时七夕笑牵牛。

如何四纪为天子，不及卢家有莫愁。

未卜：一作"未决"。

宵柝：又名金柝，夜间报更的刁斗。

鸡人：皇宫中报时的卫士。汉代制度，宫中不得畜鸡，卫士候于朱雀门外，传鸡唱。

四纪：四十八年。岁星十二年行一周天为一纪，玄宗在位四十五年，约为四纪。

　　《马嵬》，当然写的是马嵬驿，唐朝最出名的驿站，也是催生出最多诗词的驿站。因为在这里发生过一件惊天动地的大事。公元 755 年，安史之乱爆发。叛军突破潼关，唐玄宗仓皇出逃，夜宿马嵬驿。随行禁军哗变，杀死宰相杨国忠。随后，又以"贼本尚在"为由，迫使唐玄宗缢死杨贵妃，这件事史称"马嵬之变"。"马嵬之变"为什么会催生出那么多诗？因为它涉及两大主题：繁华落幕、红粉成灰。先说繁华落幕。"马嵬之变"后，唐玄宗南下四川避难，交出了指挥权。太子李亨北上灵武抗战，随后称帝，史称唐肃宗。花团锦簇的唐玄宗时代就此落幕。此后的唐朝，无可挽回地走上了下坡路，地方割据，朝廷内斗，直至最后灭亡。随着唐朝由盛转衰，整个中国古代历史也走过了自己的巅峰时代。此后的宋元明清虽然各有优长，但是论到整体影响力，却再也没有达到盛唐的高度。这样一来，"马嵬之变"就具有无与伦比的象征意义，在人们心里产生强烈震撼，这是繁华落幕。

　　再看红粉成灰。"马嵬之变"爆发，一段皇家爱情也随之戛然而止。本来皇家盛产阴谋，并不盛产爱情。但是，唐玄宗与杨贵妃之间的情感，确实闪耀出真诚的光辉，给大唐盛世增加了童话般的浪漫色彩。然而，这份浪漫又在很大程度上加剧了唐玄宗的怠政，直至最后引爆了安史之乱，风华绝代的杨贵妃也殒命马嵬坡。童话破灭，红粉成灰，当然也会引发人们的同情和感慨。把这两个因素加在一起，成就了为数众多的马嵬诗。到底有多少呢？全唐诗中保存了五十多首。其中，最著名的当然是白居易的《长恨歌》，但是，就艺术成就和思想深度而言，李商隐的《马嵬》却是青出于蓝胜于蓝，一点儿都不输于《长恨歌》。

先看首联："海外徒闻更九州，他生未卜此生休。"这一联，起得真宏大，也真沉痛。一上来，不讲兵变，不讲红颜，而是劈头一句"海外徒闻更九州"，一下子，就把人的眼界和心灵放开了。放到哪里去了？放到现实世界之外了。为什么这么说呢？因为所谓的"更九州"，其实是战国时期邹衍提出来的概念。《禹贡》不是把整个中国分成冀、兖、青、徐、扬、荆、豫、梁、雍九州吗？邹衍认为，这九州只是小九州，小九州之外，还有中九州和大九州。在中九州这个概念下，整个中国只是一个州，叫赤县神州，此外还有八个州和它并列，有点儿类似于我们今天说的全世界，或者说整个地球。而所谓大九州，就是整个中九州再合成一个州，还有另外八个州和它并列，那才是大九州。这大九州，就有点像太阳系了。这样一来，所谓海外更九州，就有点像我们今天探讨的二次元空间。

李商隐为什么一上来就谈到了另一个世界呢？因为他看过白居易的《长恨歌》。在《长恨歌》里，白居易给杨贵妃安排了一个出路："忽闻海上有仙山，山在虚无缥缈间。"在这远离人间的神仙世界，杨贵妃继续生活着，她不曾忘记唐玄宗，也不曾忘记两人愿生生世世为夫妇的誓言，她让道士把当年的定情信物带给唐玄宗，还说"但教心似金钿坚，天上人间会相见"，这是多么美好的期盼啊。可是，别看李商隐是个多情之人，写了那么多深情款款的无题诗，他一上来，就用"徒闻"两字，把这幻想打破了。他说："海外徒闻更九州，他生未卜此生休。"所谓海外还有九州、世外还有神仙只不过是一种虚无缥缈的传说罢了，来世如何，无人知晓，但此生，唐玄宗和杨贵妃的缘分已经尽了！一句"他生未卜此生休"，真是冷酷，也真是沉痛，一点不留幻想，让人直面人生，直面悲剧，这才是咏史诗应有的章法。

那么，此生到底是怎么结束的呢？看颔联："空闻虎旅传宵柝，无复鸡人报晓筹。"所谓虎旅，是虎贲氏和旅贲氏的合称。虎贲和旅贲都是三代时期的天子警卫，在这里代指护卫唐玄宗出逃的禁军。宵柝又称金柝，还叫刁斗，是古代军队的装备，白天可以煮饭，夜里则用来打更巡逻。《木兰辞》里不是有"朔气传金柝，寒光照铁衣"吗？讲的就是这种装备。所谓鸡人，是古代宫里扮成公鸡报晓的官员；而晓筹，则是报晓所用的更筹。这两句诗是说，只听到禁军卫士们敲着宵柝打更，却再也没有官员送进报晓的更筹。这是在讲什么？讲马嵬喋血的前夜。因为"他生未卜此生休",诗人的思绪自然就飘向了当年的"马嵬之变"。那时,唐玄宗一行在逃难的路上,已经无复往日宫廷的安宁,耳边听到的都是禁军士兵们巡夜打更的声音,再也没有"绛帻鸡人送晓筹"这样的肃穆与尊严。虎旅对鸡人,宵柝对晓筹,这不仅是巧妙的对仗,更意味着宫内与宫外、平时与战时生活的巨大反差。一千多年之后,只是看到"虎旅传宵柝"这几个字,我们都会如见其情、如闻其声,感觉到一种铺天盖地的紧张,作为当事人的唐明皇和杨贵妃,这一对儿原本早已习惯"缓歌慢舞凝丝竹"的皇家伴侣,内心又会是何等恓惶啊!这还不够,"虎旅传宵柝"之前,还有"空闻"两个字。皇帝露宿宫外,护卫的禁军当然会巡逻打更,怎么会空闻呢?因为这些本该保卫皇帝的禁军居然哗变了,所以,那宵柝传出的平安信息不就成了一个骗局吗?你以为暂时平安无事,没想到,一场更大的灾难正等着你。这个灾难是什么?

看颈联:"此日六军同驻马,当时七夕笑牵牛。"熟悉《长恨歌》的朋友都知道,所谓"此日六军同驻马",是从白居易"六军不发无奈何"脱化而来。不仅《长恨歌》这样写,流传千年的史书也是这样写的。禁军士兵杀死杨国忠后,并不解散,更不开拔,他们拿着武器,冷冷地对唐玄宗说:"贼本尚在,请陛下割恩正法。"这是赤裸裸的逼宫呀。自己和爱妃,江山和美人,唐玄宗只能选一个。怎么选呢?白居易说得

哀

非常清楚："六军不发无奈何，宛转蛾眉马前死。"这毫无疑问是对的，是按照时间顺序，也是按照历史事实写的。可是，李商隐真了不起，他没有这样接下去，而是荡开一笔，忽然回到了从前："此日六军同驻马，当时七夕笑牵牛。"所谓"七夕笑牵牛"，不正对应着白居易的"七月七日长生殿，夜半无人私语时。在天愿作比翼鸟，在地愿为连理枝"吗？

那个时候，唐玄宗和杨贵妃比肩而立，笑说牛郎织女一年只得相会一次，而我们，不仅要天天在一起，还要生生世世为夫妇。这真像一个闪回的电影镜头，也许，唐明皇割恩正法之时，杨贵妃头悬白练之时，眼前真的会闪出这段镜头吧。这是何等惨痛，又是何等讽刺，同时，又是何等精妙呀。此日对当时、六军对七夕也就罢了，驻马对牵牛，这样绝妙的对仗真是从何想来！以最浪漫的往昔，映照最沉痛的此日，这样的一张一弛、大开大合，又是从何想来！一段昨日重现，时间和空间都被放大了，咏史诗的深沉性和批判性也就此显现，如果不是皇帝和爱妃当年沉迷于七夕笑牵牛，怎么会有此刻的六军同驻马？爱之适足以害之，这是何等沉痛的历史教训啊。

一场悲剧，已然发生，一段历史，已然改写。也同情了，也批判了，那结尾就只剩浩叹了吧。浩叹什么呢？看尾联："如何四纪为天子，不及卢家有莫愁！"岁星十二年行一周天为一纪，四纪就是四十八年。唐玄宗当了四十五年皇帝，约等于四纪，这是极言时间之长。那莫愁又是怎么回事呢？莫愁是一个古代女子的名字，湖北钟祥、河南洛阳、江苏南京三个地方，都有莫愁女的传说。但具体到卢家的莫愁，就应该是指那个洛阳女儿了。当年，梁朝皇帝萧衍写过一首著名的《河中之水歌》："河中之水向东流，洛阳女儿名莫愁。莫愁十三能织绮，十四采桑南陌头。十五嫁作卢家妇，十六生儿字阿侯。"莫愁，就是那样一个织布采桑的平凡姑娘，长大之后嫁到卢家，生儿育女，相夫教子。她身上没有什么传奇，但是，她的生活是幸福的，她的生命是绵长的。

可是，也正因为她平凡而幸福的生活，一个最强烈的对比出来了："如何四纪为天子，不及卢家有莫愁。"唐玄宗作为一个统治大唐四十多年的太平天子，为何不能保全爱妃，他怎么还不及一个普通的卢郎，还能和妻子莫愁终身厮守！有人说，这是把批判的锋芒指向唐玄宗。这样理解当然也可以，但我觉得，诗写到这个地方，批判并不重要，它剩下的只是一声叹息："舞榭歌台，风流总被雨打风吹去。"在批判之外，更有一种难以言说的哀愁油然而生，恰和结尾的"莫愁"两字形成强烈对比。

莫愁的传说，之所以流传这么广，很大原因也正在于这个美丽的名字。莫愁莫愁，谁人不愿？可是，现实生活中，无奈的天子，短命的妃子，还有一生坎坷的诗人，谁能不哀愁呢？

芙蓉如面柳如眉，对此如何不泪垂。

杜甫《江南逢李龟年》

所谓覆巢之下无完卵。每个大悲剧下面，都涵盖着无数个小悲剧，还说安史之乱吧。这样一场空前绝后的大悲剧不仅仅废了李隆基，死了杨玉环，更捉弄了千千万万个小人物。这些小人物被时代洪流裹挟，在生活的大江大海中起伏颠簸，他们哀愁的事情不同于天子，但他们哀愁的深度绝不低于天子。比如杜甫的《江南逢李龟年》。

江南逢李龟年

杜甫

岐王宅里寻常见，崔九堂前几度闻。

正是江南好风景，落花时节又逢君。

岐王：唐玄宗李隆基的弟弟，本名李隆范，后为避李隆基的名讳改为李范，封岐王，以好学爱才著称，雅善音律。

寻常：经常。

崔九：崔涤，在兄弟中排行第九，中书令崔湜的弟弟。唐玄宗时，曾任殿中监，出入禁中，得玄宗宠幸。崔姓，是当时一家大姓，表明李龟年受赏识。

落花时节：暮春，通常指阴历三月。

不要小看这短短的 28 个字，这是一部缩微版的唐玄宗盛衰史，也是一首绝句版的《长恨歌》。为什么这么说？先看前两句："岐王宅里寻常见，崔九堂前几度闻。"我曾经总在岐王的宅子里看见您，也曾经在崔九的厅堂前多次聆听您的歌声。现在两个熟人偶遇，不是还会这样打招呼吗？比如，开会的时候，我忽然发现一位过去见过的王先生也在座，那我自然会走过去打招呼说，王先生，还记得我吗？上次咱们在什么会上见过面，还在什么地方一起吃过饭，哎呀，这一晃都多少年了，等等。杜甫在江南遇到老熟人李龟年，说的也是这样的话，这就是"岐王宅里寻常见，崔九堂前几度闻"。但是，可别小看这寻常的大白话，这两句话的分量太重了。

重在哪里？首先重在岐王和崔九。岐王是唐玄宗的弟弟李范，受封为岐王；而崔九则是唐玄宗的宠臣崔涤，因为兄弟中排行第九，所以按照唐朝人的习惯，通称崔九。这两个人可不一般，不仅是皇亲国戚、达官贵人，还是当时文化界的领军人物，是艺术家的知己和保护人。

先说岐王李范吧，此人是唐玄宗的同父异母弟弟，也是唐玄宗的大功臣。当年唐玄宗发动政变铲除太平公主，岐王领兵追随，所以唐玄宗亲政后，对这个弟弟自然高看一眼。但是，也正因为弟弟太能干，所以唐玄宗对他防范有加。只要有政治人物亲近他，玄宗就会立刻把这个人远贬边陲。岐王李范当然明白其中利害，从此不弄风云，只管风月。按照史书的记载，他好学工书，善音律，而且礼贤下士，经常和文人一起饮酒赋诗。

不是有一个浪漫的传说吗？王维当年刚刚崭露头角的时候，到京师求取功名。可是当时长安文化界的另一个保护人，唐玄宗的亲妹妹玉真公主看好的诗人叫张九皋，已经内定他为京兆府的第一名。王维是岐王的座上宾，岐王想帮他，但是又不能和玉真公主明争。怎么办呢？他把王维的优点和玉真公主的喜好通盘考虑了一遍，终于定下一计，大摆宴席，宴请玉真公主，边吃边看歌舞。王维身穿特制的锦绣衣服，就站在歌舞艺人第一排的中间位置。要知道，王维可是美男子，号称"妙年洁白，风姿都美"，他的翩翩风度马上吸引了玉真公主的目光。公主问岐王，这是谁呀？岐王回答说，这是个知音人。所谓知音人，就是擅长音乐的人。公主一听更感兴趣，马上命人拿来琵琶，请王维弹奏。王维当然有备而来，一曲自创的《郁轮袍》，一下子曲惊四座，也让公主拍案称奇。这时候，岐王又说："此生非止音律，词学亦无出其右。"王维随即拿出几首得意之作请公主过目，公主一看，全是早已在长安传诵，自己也耳熟能详的诗歌。要知道，唐朝可是最崇拜诗人的，玉真公主连称失敬，把王维请上席来，相谈甚欢。当然，这样一来，王维也就顺利地成了京兆府第一名。这个故事是不是真的？不一定。但它说明一个问题，在当时人心目中，岐王是诗人的好朋友，他懂诗人，也愿意帮助诗人。

岐王对诗人好，对音乐家也好。当年李龟年受邀到岐王宅做客，一进门就听见乐工奏乐，他职业病发了，马上说，这是秦音的慢板。人家曲目一换，他又评论说，这是楚音的流水板。岐王在旁边连连点头，赶紧拿出"破红绡""蟾酥纱"一类的珍贵丝织品，郑重地赠给李龟年。谁知李龟年并不感兴趣，他把这些宝贝撂在一边，径自掀起帷幕，走到乐工中间，拿起一把琵琶就弹奏起来，旁若无人。而岐王也不以为忤，还是对李龟年赞赏有加。什么意思呢？艺术家自有艺术家的气质，王爷也自有王爷的风度。

再说崔涤。崔涤出身于唐朝最高的高门博陵崔氏一族，才华横溢不用说了，政治上也特别有先见之明。当年唐玄宗李隆基还只是临淄王的时候，和崔涤家是邻居，两个人都住长安城东边的兴庆里，就是后来的兴庆宫。两个年轻人也都风流倜傥，关系特别好。后来李隆基受唐中宗和韦皇后迫害，被发配到山西潞州当别驾，一般的亲朋好友在长安城外折柳送行也就罢了，只有崔涤一直送到华州，也就是现在陕西的华县。一送送出二百多里，可见感情何等亲厚。此后历次政治变革，崔涤一直追随李隆基，玄宗亲政后，对他也特别好，每次宫里请客，他都跟王爷们连榻而坐，也就是说，唐玄宗已经把他当成亲兄弟看待。不过，也正因为有这样亲切的私人关系，所以，唐玄宗绝不让崔涤干政，崔涤生性活泼，有时候说话不注意，唐玄宗还亲自在他的笏板上写下"慎密"两个字，提醒他小心做人。因为有皇帝的严格要求，所以崔涤在开元年间也是远离政治，寄情文艺，成了诗人和艺术家的好朋友。

一个岐王，一个崔九，都是位尊、人闲，而且还眼光高、身段低，这样的人身边当然是群贤毕至、胜友如云。这就是开元盛世的另一面了。一般我们说开元盛世，都会想到杜甫的《忆昔》："忆昔开元全盛日，小邑犹藏万家室。稻米流脂粟米白，公私仓廪俱丰实。"但是，那只是物质上的开元盛世，还有一个精神上的开元盛世，就体现在岐王宅里、崔九堂前，在那里，王爷和重臣都礼贤下士，诗人和艺术家也能平交王侯。那才是锦天绣地、满目俊才！

岐王和崔九，是这两句诗中第一组有分量的词。这两句诗，还有两个有分量的词，就是"寻常见"和"几度闻"。为什么写寻常见和几度闻呢？因为谁也没当回事。当年李龟年自然是天下歌王，杜甫又何尝不是一个英气逼人的青年才子！那个时候，他们都以为享受岐王和崔九的招待是理所当然的，"会当凌绝顶，一览众山小"也是理所当然的，甚至"致君尧舜上，再使风俗淳"还是理所当然的。他们都以为这样的盛

会当凌绝顶，一览众山小。

世不仅可以一直延续下去，而且可以从一个高峰，走上另一个更高的高峰。盛年的贤王、名满天下的歌手和意气风发的诗人，在春风浩荡中，在落英缤纷里，大家共度了多少好时光，做了多少迷人的好梦！这多么风光、多么美好，可是呢，谁也没觉得怎样，当年只道是寻常。

这就是"岐王宅里寻常见，崔九堂前几度闻"。诗人写岐王，写崔九，写寻常见，写几度闻，不是为了炫耀我和谁是朋友，而是在用最平淡的语气，勾勒了一个最美好的开元盛世，这个盛世，诗人和艺术家都亲身经历过。事实上，他们就是那盛世的一部分。

然而，下面两句出来了："正是江南好风景，落花时节又逢君。"从追忆一下子转到现实来了。现实是什么？杜甫再次见到李龟年，已经是大历五年了。大历五年是公元770年，开元盛世已经过去了三四十年，搅乱大唐的安史之乱都结束八年了，可是社会始终没有从动乱中恢复过来，国家分裂，满目疮痍。杜甫此时已经接近六十岁，辗转漂泊到潭州，也就是今天的长沙。不仅当年的政治理想未能实现，就连生活，也是"疏布缠枯骨，奔走苦不暖"，落魄不堪了。那个当年整天出入宫廷的李龟年呢？也已经流落江南。所谓"当时天上清歌，今日沿街鼓板"，老艺人只能到处卖唱讨生活。

就在这样的背景下，两个白发老翁不是在东都洛阳，也不是在西京

哀

长安，而是在江南重逢了。江南当然山明水秀，比当年的长安和洛阳还要美丽。但是，江南的好风景只能反衬出老诗人和老艺人境况的凄凉，所以，这一句"正是江南好风景"，就和"感时花溅泪，恨别鸟惊心"一样，都是以乐景写哀，让悲哀来得更深沉。这样的悲哀，又岂止是杜甫和李龟年两个人的悲哀！当年招待过他们的岐王和崔九已经死去几十年，早已墓木拱矣，创造出开元盛世的唐明皇也已黯然离世，花团锦簇的开元盛世更是一去不返了。

在这种情况下再见，还能说什么呢？两个人谁也不需要说什么，而诗人也就真的什么都没说，他只说"落花时节又逢君"，一个"又"字，四十年的光阴滑过去了。落花时节，多少感时伤世啊！花儿落了，青春老了，盛世去了，这才是"流水落花春去也，天上人间"！

四句诗，四十年。好像刚刚开头，其实已经结尾。真是沉郁顿挫，蕴藉至极。经历过时代沧桑、人生巨变的人固然心领神会，就连我们这些没有经历过大风大浪的太平儿女看了，也会感慨万端、黯然神伤。所以《杜诗镜铨》说："子美七绝，此为压卷。"

（壮志未酬）

杜甫《蜀相》

在我们的印象里，哀似乎总和怨联系在一起，形成一个伤感的意象。但其实，哀还可以和壮组词——哀壮。哀壮是一种什么样的感觉呢？它像屈子举身投江，又像岳飞仰天长啸，让人在流下眼泪的同时，心中升起一股热气，连云而起，直冲霄汉。

哀

蜀　相

杜甫

丞相祠堂何处寻，锦官城外柏森森。

映阶碧草自春色，隔叶黄鹂空好音。

三顾频烦天下计，两朝开济老臣心。

出师未捷身先死，长使英雄泪满襟。

蜀相：三国蜀汉丞相，指诸葛亮（孔明）。诗题下原有注：诸葛亮祠在昭烈庙西。

锦官城：成都的别名。

　　三国的英雄中，有人尊曹，有人尊刘，有人爱周郎，有人敬关公，但杜甫独尊诸葛亮，为诸葛亮写过将近二十首诗。特别是安史之乱中，杜甫流寓成都，踏入蜀汉故地，亲沾诸葛武侯遗泽，亲睹诸葛武侯庙貌，对诸葛亮的敬仰之情更如滔滔江水，一发不收。

　　先看题目吧。"蜀相"，顾名思义，就是蜀汉丞相。蜀汉政权有刘备、刘禅两代皇帝，那么，它有几位丞相呢？只有一个，就是诸葛亮。诸葛亮死后，蜀汉也就废除了丞相制度，后来的蒋琬、费祎乃至姜维都以大司马或者大将军的身份执政。就凭这空前绝后的丞相身份，也可以看出诸葛亮在蜀汉的地位。

　　杜甫这首诗并非凭空而来，而是瞻仰成都武侯祠之后的作品。武侯祠现在是刘备和诸葛亮的合祀庙，但是在唐朝，武侯祠和昭烈庙还是分开的，所以杜甫在诗题之后自己加了一个注：诸葛亮祠在昭烈庙西。可见这首诗本来是访古之后的作品，属于登临怀古一类。但是，诗人虽然是因为瞻仰诸葛亮祠而写的这首诗，诗题却又并不是《武侯祠》，而是《蜀相》，这意味着什么？意味着诗人在意的重点是人而不是庙。当年，诸葛亮以一人之力撑持蜀汉半壁江山，得主敬民尊，享千秋祭祀，这样的形象对杜甫有着巨大的感召力。杜甫是一位以贤臣自任的诗人，所谓"许身一何愚，窃比稷与契"，可是，又终身蹭蹬，未得施展。此刻，身处乱离之世，面对过往贤臣，他又有怎样的感慨呢？

先看首联："丞相祠堂何处寻，锦官城外柏森森。"这一联，一问一答，看似平平常常，其实气度不凡。为什么这样说？要看"丞相""寻"和"柏森森"三个词。丞相有什么特殊意义吗？要知道，虽然蜀汉只有诸葛亮一位丞相，但整个三国却不止诸葛亮一位丞相。诗人不说蜀相，而直接说丞相，意味着什么？意味着在杜甫心中，虽然当时英雄辈出，但只有诸葛亮才是真正的丞相。这就是前人所说的"小视三分，抬高诸葛"。杜甫这种抬高，当然有尊蜀汉正统的意思，但更多的还是出于对诸葛亮个人的敬仰。一个"丞相"，已经体现出诸葛武侯在诗人心目中的地位。那"寻"字又意味着什么呢？这个寻不仅仅是地理意义上的寻找，它还隐藏着精神意义上的追寻，相当于李清照《声声慢》开篇的"寻寻觅觅"，或者当代流行歌曲中的"千万里我追寻着你"。既然是"丞相祠堂何处寻"，就意味着，这不是一次随意的春游，而是一场虔诚的拜谒。如果我们明白这一点，下一句也就不难理解了。所谓"锦官城外柏森森"，一方面固然是回答了武侯祠的位置是在锦官城，也就是成都城外那个苍苍翠柏掩映之地；另一方面，也讲了武侯祠的精神气象。什么气象呢？就是"柏森森"。柏树不是一般的树木，它苍劲伟岸、经冬不凋，自有一种庄严肃穆的气象。这不正是诸葛武侯的精神写照吗？"丞相祠堂何处寻，锦官城外柏森森"，一开篇就以一个远景镜头，勾画出武侯祠的整体气韵，同时又形成一个浓重的情感氛围，起得堂皇庄重，让人肃然起敬。

有了一个整体远景，接下来，诗人已经拾级而上，进入武侯祠的庭院之中了。庭院是什么样子呢？看颔联："映阶碧草自春色，隔叶黄鹂空好音。"这一联写近景，属于特写镜头，写得真动人。动人在哪儿？动人在它抓住了春天最典型的形象。映阶碧草，这不正是春天最经典的颜色吗？隔叶黄鹂，这不正是春天最经典的声音吗？春色好音，一下子就把春天的气氛渲染到了十分，这是整体。再看细节，碧草和黄鹂相对，以绿对黄，颜色多鲜亮！这是颜色相对。映阶碧草不仅是绿的，它还是静的，而隔叶黄鹂不仅是黄的，它还是动的，一动配一静，这又是动静相宜。整体感和细节处理都这么漂亮，恰是一幅如诗如画的春光图，应该让人觉得心旷神怡吧？却又不是。

不是在哪里呢？在"自"和"空"两个字上。春色怡人，却无人鉴赏，这就是"自春色"；好音悦耳，却无人聆听，这才是"空好音"。"映阶碧草自春色，隔叶黄鹂空好音。"一下子，武侯祠冷落寂寞的样子已经跃然纸上。诸葛武侯当年赫赫功业，遗爱巴蜀，难道都已经被人遗忘了吗？这是多么令人感慨呀！这是一层意思。还有一层意思。碧草固然是春天最美的颜色，但它并不自知，更不是为了诸葛武侯而生长；黄鹂固然是春天最美的声音，但它也不自知，而且也并非为了诸葛武侯而歌唱。所谓庭草自春，无关人事；黄莺空啭，只益伤情。所有的人事代谢、陵谷变迁在自然面前都仿佛没有了痕迹，也没有了意义，这不是一种更深意义上的寂寞吗？所以说，这一联是漂亮的，却又是寂寞的，所谓"以乐景写哀"，正是这个道理。

英雄寂寞，当然激起诗人的无限感慨。花鸟也许不知武侯的功业，世人也许遗忘武侯的功业，但是，杜甫却不能忘情于诸葛武侯。所以，他进一步往前走，进入殿堂之中，参拜诸葛武侯的庙貌，颈联也随之而来，由景到人："三顾频烦天下计，两朝开济老臣心。"这一联，真是浓墨重彩，字字千钧，把诸葛武侯的人生际遇、政治理想和功勋业绩都凝练在了十四个字里。"三顾频烦天下计"，所谓"频烦"，就是频频，好多次。刘备三顾茅庐，是诸葛亮一生事业的开始。诸葛亮自己在《出师表》里不是说吗？"臣本布衣，躬耕于南阳，苟全性命于乱世，不求闻达于诸侯。先帝不以臣卑鄙，猥自枉屈，三顾臣于草庐之中，咨臣以当世之事，由是感激，遂许先帝以驱驰。"那么，三顾茅庐的结果到底是什么呢？是下一句："两朝开济老臣心。"诸葛亮一生，辅佐刘备、刘禅父子。所谓"开"，是指开创基业；所谓"济"，是指启沃匡助。

无论是先主后主，也无论是创业守成，诸葛亮都殚精竭虑，始终不渝。这里当然有匡扶汉室、安顿天下的政治理想；但是，也有士死知己、知恩图报的老臣心情。换言之，正因为有刘备的"三顾频烦"之诚，才会有诸葛亮的"两朝开济"之报，才会有日后的"功盖三分国，名成八阵图"，才会有最后的六出祁山，星陨五丈。杜甫拜谒武侯祠的时候，安史之乱尚未平定，山河疮痍，百姓失所。他多么希望能再出现这样的君臣关系，多么希望自己也能像诸葛武侯那样精忠报国呀！所以说，这一联，是真正意义上的今古呼应，是杜甫和诸葛武侯跨越几百年的情感交流，这里不仅有诸葛亮的老臣之心，更有杜甫本人的老臣之心，所以才能字字珠玑、力重千钧。

问题是，诸葛亮匡扶天下的政治理想实现了吗？看尾联："出师未捷身先死，长使英雄泪满襟。"这一联，真是这篇《蜀相》的点睛之笔。因为它把个人情怀放大了，实现了对具体问题的超越。谁都知道，诸葛亮六出祁山，病死五丈原，北伐不成，赍志而殁。这本身就是"出师未捷身先死，长使英雄泪满襟"。但是，历史上这样赍志而殁的英雄又岂止诸葛武侯一人！杜甫一生自比稷契，希望"致君尧舜上，再使风俗淳"，可是现实呢？却是国破家亡，身如飘蓬。这不也是"出师未捷身先死，长使英雄泪满襟"吗？

"出师未捷身先死，长使英雄泪满襟"是沉痛的，但是，沉痛之外，另有一种豪迈悲壮、动人心魄。悲壮豪迈在哪里呢？在于即便知道难以获胜，也还是要出师，这就是一种知其不可而为之的态度，有这样态度的人，无论文官武将，都是英雄。事实上，杜甫这首诗流传之后，"出师未捷身先死，长使英雄泪满襟"就成了千古悲剧英雄共同的心声。唐代政治家王叔文，在永贞革新失败后，曾反复吟诵此诗，为之流涕不已；南宋爱国将领宗泽临终时，就是念着"出师未捷身先死，长使英雄泪满襟"，"三呼渡河"而亡的。所谓哀壮，所谓"长歌当哭"，大概就是这样一种力量吧。

刘禹锡《蜀先主庙》

中国人不以成败论英雄，也不以身份的高低贵贱论英雄。以世俗身份而言，诸葛亮的身份低于刘备；但是，以精神影响力而言，诸葛亮又高于刘备。不过，无论孰高孰低，这一对君臣都是悲剧人物。诸葛亮的悲剧在于"出师未捷身先死"，而刘备的悲剧在于"生儿不象贤"。如果说诸葛亮的悲剧是壮志难酬，那么刘备的悲剧就是后继无人，这对于重视家族链条，而又永远对孩子寄予厚望的中国人而言尤为悲哀。

哀

蒙曼品最美唐诗：人生五味 · 哀 ·

蜀先主庙

刘禹锡

天地英雄气，千秋尚凛然。

势分三足鼎，业复五铢钱。

得相能开国，生儿不象贤。

凄凉蜀故伎，来舞魏宫前。

蜀先主：汉昭烈帝刘备。诗题下原有注："汉末谣，黄牛白腹，五铢当复。"

天地英雄：一作"天下英雄"。《三国志·蜀志·先主传》：曹操曾对刘备说："天下英雄，唯使君与操耳。"

五铢钱：汉武帝时铸行的一种钱币。此代指刘汉帝业。

不象贤：此言刘备之子刘禅不肖，不能守业。

三国之中，蜀汉传国四十三年，一共经历了两代皇帝，先主刘备和后主刘禅。所谓"蜀先主庙"，当然就是刘备的庙。这个庙在哪里呢？很多人会想当然地认为是四川成都的武侯祠，因为武侯祠本来就是刘备、诸葛亮君臣合祀，里面有汉昭烈庙，也就是俗称的刘备殿。但其实，刘禹锡笔下的"蜀先主庙"不在成都，而在重庆的奉节县，三国时期白帝城所在地。蜀汉章武二年，也就是公元222年，刘备伐吴大败，退守白帝城，最后就病死在白帝城的永安宫，所以这里也建有刘备的庙。白帝城在唐朝属于夔州，刘禹锡本来就是刘备的后人，又因鼓吹改革被贬为夔州刺史，文人好古，英雄相惜，有这样的历史遗迹，当然要凭吊一番，所以才有这首《蜀先主庙》。

这样的诗怎么写呢？看首联："天地英雄气，千秋尚凛然。"这一联，起得挺拔突兀、力重千钧，既给刘备定了性，又点了蜀先主庙的题。给刘备怎么定性呢？刘禹锡用了四个字"天地英雄"。这个定性，最早其实是曹操的评价。大家看《三国演义》，都知道青梅煮酒论英雄的故事，当时，刘备落魄，依附曹操，强弱之势本来非常明显，曹操却说："天下英雄，唯使君与操耳！"真不愧是刘备的知己。

后来的历史也恰恰证实了曹操的判断。弱小的刘备开基蜀汉，与曹魏、孙吴三足鼎立。在群雄并立、弱肉强食的汉末，织席贩履出身的刘备能够建立这样的基业，实属不易，当得起"天下英雄"的称号。可能有人会说，既然如此，刘禹锡这首诗应该是"天下英雄气，千秋尚凛然"了？确实有版本这么写，但是我觉得，还是"天地英雄气"更好。为什么呢？因为和天下相比，天地是一个更广阔的空间概念，是说刘备的英雄之气充塞于天地之间，至大无垠。这才能配得上下一句"千秋尚凛然"。如果说天地是一个无限的空间概念，那么千秋就是一个无限的时间概念。刘备和刘禹锡之间，相隔了六百多年。但是，刘禹锡觉得，刘备的英雄之气，充塞六合，永垂不朽，即便相隔千年，仍然凛凛如生，让人肃然起敬。这是从空间和时间两个层面给刘备定性。那为什么又说这两句话是点题呢？因为前一句的"气"和后一句的"凛然"。气是气息，凛然是感受。这个气息也罢，感受也罢，都是因为瞻仰蜀先主庙才得到的，其实是说，一进入蜀先主庙，一瞻仰蜀先主塑像，立刻感受到一股英雄气扑面而来，凛然生威，这不就是点题吗？

仅仅瞻仰刘备庙就已经感受到非同一般的凛然气象，可想而知，刘备生前，该是何等英雄！刘备的英雄业绩到底有哪些呢？看颔联："势分三足鼎，业复五铢钱。"用"三足鼎"对"五铢钱"，真是神来之笔。三足鼎好理解，所谓三国，正是魏蜀吴三足鼎立，在这三足之中，刘备分得一足，形成天下三分之势。那五铢钱又是怎么回事呢？所谓五铢钱，是汉武帝时期开始铸造的货币，也是西汉通行货币。当年王莽取代西汉，立刻废五铢钱，铸新莽钱币。后来，光武中兴，建立东汉，又恢复了五铢钱。几番反复，五铢钱也就成了汉朝的象征。说刘备的势力在于三分天下，而功业在于恢复汉室，这已经相当漂亮了。更妙的是，刘禹锡在诗题下面自己还写了一个注："汉末谣，黄牛白腹，五铢当复。"什么意思呢？"五铢当复"还是汉末的一个童谣。想想看，以三足鼎立这样的大事来对五铢当复这样一个童谣，本来是有点无厘头吧？但是刘禹锡这样一对，谁也不会认为无厘头，只会觉得巧妙自然、浑然天成。而且，这么一对仗，刘备的英雄形象也搭建得相当完备。如果只有前一句"势分三足鼎"，虽然也很雄壮，但还只是一个割据天下的军阀；而一旦加上"业复五铢钱"，刘备的功业就有了道义作为支撑，他不仅有英雄之业，更有英雄之志，这不才是刘备最让人敬重的地方吗？

　　总评价有了，功业也写完了，接下来要写什么呢？看颈联："得相能开国，生儿不象贤。"这是从功业讲到人事，也是从成转到败了。刘备为什么能有那么大的功业？因为他善于识人用人，三顾茅庐，不仅得诸葛亮隆中对策，更让诸葛亮为之鞠躬尽瘁，死而后已，这才有蜀汉开国，天下三分的功业。可谓君臣鱼水，佳话千秋。可是刘备长于用人，却短于教子。他的继承人刘禅不仅没有乃父的英雄气象，还是个著名的昏君，亲小人，远贤臣，最后葬送了蜀汉的大好河山。三国时期，一代枭雄曹操夸过两个对手，一个是刘备，所谓"天下英雄，唯使君与操耳"，还有一个是孙权，所谓"生子当如孙仲谋"。东吴有孙坚、孙策、孙权父子兄弟三人接力，才能最终成就大业，而蜀汉呢？先主固然英雄，却不料后继无人。创业与守成孰难？这本来是一个千古难题。这个难题，刘备答了满分，刘禅却未能及格，当然是不肖之子。所谓"得相能开国，生儿不象贤"，一褒一贬之间，寄托了诗人多少深沉的感叹！从结构上讲，这一联又是一个过渡联，"得相能开国"承前，"生儿不象贤"启后，生儿不象贤的后果到底是什么呢？

看尾联："凄凉蜀故伎，来舞魏宫前。"在三国残酷的军事斗争中，一旦国破家亡，就会归为臣虏，任人宰割。而首当其冲的，则是战败方的女子，她们将变为胜利者的玩物，受尽侮辱。这种情形，也最容易引起诗人的同情与感慨。杜牧的《赤壁》不就说过"东风不与周郎便，铜雀春深锁二乔"吗？刘禹锡这首《蜀先主庙》也是如此。据《三国志·蜀后主传》记载，刘禅降魏后，被东迁到洛阳，封为安乐县公。曹魏太尉司马昭在宴会中故意让蜀国的女乐表演歌舞，旁人见了都为刘禅感伤，刘禅却"喜笑自若"，还说"此间乐，不思蜀"。刘禹锡"凄凉蜀故伎，来舞魏宫前"，用的就是这个典故。本来，作为一国之君，国破家亡，不能保护妇人女子已经是一层凄凉，眼看着柔弱的妇人女子受辱，而又不能振作，甚至不知羞耻，麻木不仁，岂不是更大的凄凉！这两层凄凉加在一起，才是所谓的"凄凉蜀故伎，来舞魏宫前"，这样的凄凉，更加深了我们对"生儿不象贤"的感慨，先主如此英雄，却生下如此不肖之子，以致功业成灰，怎能不令人感慨万千呢？

那么，诗人真的只是在感慨刘备、感慨蜀汉吗？他也在感慨唐朝呀。唐朝当年也有过英武的唐太宗、唐玄宗，有过房玄龄、杜如晦，有过姚崇、宋璟，有过贞观之治、开元盛世，可是呢？后世皇帝不能克绍箕裘，反倒纵容宦官，打击刘禹锡他们这样的革新派，这不也是"得相能开国，生儿不象贤"吗？长此以往，会不会也有"凄凉蜀故伎，来舞魏宫前"这样的后果？诗人抚今追昔，感慨万端，哀往事而忧来者，才能有这首开篇大气、收束苍茫的《蜀先主庙》。

（生命）

李商隐《登乐游原》

安史之乱也罢，三国鼎立也罢，寄托的都是诗人的政治感叹。这感叹通常会属于贵族，属于知识分子，属于社会中和政治、历史比较贴近的人。但还有一种感叹属于所有人，那是生命的感叹，它不针对兴亡，只针对时间。

登乐游原
李商隐

向晚意不适，驱车登古原。

夕阳无限好，只是近黄昏。

向晚：傍晚。不适：不悦，不快。

古原：指乐游原。

近：快要。

乐游原，是长安城南的一片高地，早在汉朝就是皇家风景名胜区，当时叫作乐游苑。当年，汉宣帝和许皇后到这里游览，乐不思归。后来许皇后难产而死，就安葬于此，汉宣帝给她立庙，名字就叫乐游庙。再后来，因为乐游苑地势高，以讹传讹，就变成了乐游原。到了唐朝，乐游原已经被圈进了长安城中，成了长安城的制高点。站在这里，全城美景尽收眼底。而且，原上有庄严雄伟的青龙寺，再往南走就是风景优美的曲江池，算是"占尽城中好物华"。有唐近三百年的时间，无数文人墨客在此驻足流连，留下了近百首乐游原诗词。其中比较著名的，有相传为李白所写的《忆秦娥》："箫声咽，秦娥梦断秦楼月。秦楼月，年年柳色，灞陵伤别。乐游原上清秋节，咸阳古道音尘绝。音尘绝，西风残照，汉家陵阙。"以汉喻唐，气象雄浑，感慨苍凉，被尊为"百代词曲之祖"。还有杜牧的《将赴吴兴登乐游原一绝》："清时有味是无能，闲爱孤云静爱僧。欲把一麾江海去，乐游原上望昭陵。"离京赴任之前还要登上乐游原遥望唐太宗的昭陵，忠君爱国之心溢于言表，完全不像小杜平时嘻哈浪荡的模样，也入选了《唐诗三百首》。但是，要论以最简单的内容来表达最丰富的内心，一千多年来脍炙人口，没有哪一首诗能超越李商隐这首《登乐游原》。

先看前两句："向晚意不适，驱车登古原。"文章有所谓凤头豹尾的说法，是说开篇必须精彩，要能抓住人心。可是这两句诗呢？看起来不免太过朴素，就是说我临到傍晚的时候心情不大好，就驾着车到乐游原上散散闷。完全是就事论事，一点华彩都没有。同样写登高，王之涣登鹳雀楼，是"白日依山尽，黄河入海流"，这是何等壮阔！陈子昂登幽州台，是"前不见古人，后不见来者"，这是何等苍茫！就算我们刚才提到的小杜，也是"清时有味是无能，闲爱孤云静爱僧"，称得上清词丽句，耐人寻味。而李商隐呢？本来以辞藻华丽、意境朦胧著称，我们习惯的，都是"沧海月明珠有泪，蓝田日暖玉生烟"，或者是"身无彩凤双飞翼，心有灵犀一点通"一类，可是，到这首诗，却只是一句最平淡的叙事而已。"向晚意不适，驱车登古原。"谁都明白，但谁也不会觉得有什么特殊之处。既然如此，为什么这首诗会传诵千古呢？

因为下两句："夕阳无限好，只是近黄昏。"这首诗，好就好在这两句，争也就争在这两句。好在哪里？莽莽古原之上，一轮夕阳正沉沉落下。举目四望，只看见一片长天大地，只看见一片金红色的光芒。落日熔金，古原如醉。这辽阔的空间感，这饱和的色彩感，是何等动人心魄呀。我们今天可能就蜗居在斗室之中，但是，只要想象一下，这场景是不是也历历如在眼前？这是它的好处。

那为什么说争也争在这里呢？因为大家对"只是"这两个字有不同

的理解，而对这两个字的理解，又直接关涉到对全诗感情基调的把握。什么叫"只是"？"只是"有两个意思。一个是我们今天的通常理解，表示意思的转折，相当于"但是"，或者"只不过"。如果按照这种理解，那么，所谓"夕阳无限好，只是近黄昏"就意味着，这夕阳西下的风景是如此美好，只不过黄昏已经逼近，而一入黄昏，万象俱灭，这一切也就都不见了！美景是这样的转瞬即逝；推而广之，人生不也有如白驹过隙？再推而广之，盛极一时的大唐王朝又何尝不是如梦幻泡影，如露亦如电？想到这里，真是让人悲从中来，百感交集。

这样的感慨，其实也暗合了李商隐的命运。李商隐少年时代就声名鹊起，却因为生在晚唐乱世，误触党争罗网，结果一生蹉跎，郁郁而终。这样的时代背景，再加上这样的人生际遇，让他早有一种深深的落寞与无奈。所谓"向晚意不适，驱车登古原"，当然可以理解为天色将晚，情绪低落，但也未尝没有一种人生将老，回首凄凉的幽微感触。在这样的心绪之下，看到古原落日，看到最美好的景致偏偏在接近消逝的时候才展现出来，内心该是何等眷恋，又何等无奈！一时间，身世之悲被激发出来，家国之叹也倏忽而至。可是，悲也罢，叹也罢，又能如何呢？该日落还是日落，该迟暮还是迟暮，该沉沦还是沉沦。所以，诗人也只能发出一声浩叹："夕阳无限好，只是近黄昏！"所有人生的况味、世事的感慨都融进这短短的十个字里，让这十个字成为尽人皆知的警句，深深地烙印在中国人的心间。这是一种最常见的理解，但是，这只是其中的一种理解。

还有另一种理解。而这种理解建立在对"只是"的另一种解释上。怎么解释呢？有学者认为，对于唐朝人而言，所谓"只是"，并不是我们现在认为的"但是"，而是"正是"。"只是近黄昏"应该理解成"正是近黄昏"。这样的理解意味着什么？意味着一种截然相反的情绪。诗人本来心绪不佳，登高散闷。眼看着红日西垂，将乐游原染成金色世界，他的心境豁然开朗。长空流丹，古原生辉，正是在这临近黄昏的一刻，我看到了天地间最壮美的景色！跟这阔大的场景相比，连脚下的长安城都渺小起来；在这亘古不变的时空面前，汉唐沧桑也只如一瞬。既然如此，个人的一点忧愁苦闷又算得了什么呢？按照这种理解，因为登乐游原，诗人从"向晚意不适"的心境中走出来了，他不仅释然了，而且得到一种精神的升华。

那么，到底哪一种说法是正确的呢？所谓诗无达诂，真是仁者见仁，智者见智。我们已经无法确切知道李商隐当时真正的心情，但是，无论何时何地，只要看到夕阳西下、落日低回，我们的头脑中都自然而然地会出现"夕阳无限好，只是近黄昏"，我们的心灵，也都会在那一刻震颤一下，这就是这首诗的伟大之处吧。

顺便说一句，很多人都觉得这首诗不押韵。其实，在平水韵中，"原"也罢，"昏"也罢，乃至《红楼梦》里，公子小姐们第一次结诗社，咏白海棠所用的"门""盆""痕""昏"都属于"十三元"韵部，这个韵部里的字，用普通话读来差异极大，就连古人一不小心也会押错，清朝就有"该死十三元"的说法。我小的时候，家里大人教我读诗，第二句"驱车登古原"的"原"字一定要读成"yún"，这不就押韵了吗？

莫道桑榆晚，为霞尚满天。

（青春）

李贺《将进酒》

　　生命流逝的悲哀，原本就是人类最普遍的悲哀。至圣如孔夫子，也会感慨"逝者如斯夫，不舍昼夜"。旷达如李太白，也不免惊呼"君不见，黄河之水天上来，奔流到海不复回。君不见，高堂明镜悲白发，朝如青丝暮成雪"。面对注定逝去的生命，李商隐感慨"夕阳无限好，只是近黄昏"，听起来满是中年人的沧桑。而李贺呢？他的生命止步于 27 岁，几乎是一个还不会想到衰老的年龄。但是，李贺号称"诗鬼"，他的精神里，天生就有一种不属于这个世界的敏感与阴郁，他的青春和死亡连在一起，像红的花落进黑的土，又像黑的土绽开红的花。

将 进 酒
李贺

琉璃钟，琥珀浓，小槽酒滴真珠红。

烹龙炮凤玉脂泣，罗帏绣幕围香风。

吹龙笛，击鼍鼓。皓齿歌，细腰舞。

况是青春日将暮，桃花乱落如红雨。

劝君终日酩酊醉，酒不到刘伶坟上土。

玉脂泣：比喻油脂在烹煮时发出的声音。

鼍（tuó）鼓：用鼍皮制作的鼓。鼍：扬子鳄。

酩酊：大醉。

刘伶：晋人，"竹林七贤"之一，以嗜酒著称，著有《酒德颂》。

我们这本书选诗一直是以蘅塘退士的《唐诗三百首》为宗，就是因为他选诗的态度持平，审美雅正，基本算是选出了唐诗的精华。但是，《唐诗三百首》也不尽公平。其中最大的漏洞就是漏掉了诗鬼李贺。李贺和李白、李商隐并称"三李"，存世的作品有 240 多首，其中不乏非常精彩的篇章，比如我们熟悉的"雄鸡一唱天下白""天若有情天亦老"，等等，都出自李贺的手笔。但是，大概就因为李贺的诗太奇诡，太石破天惊了，它完全不入蘅塘退士的法眼，一首都没能入选《唐诗三百首》。这无论如何，都是个非常重大的失误，所以我们必须补上去。

补哪一首呢？第一个要补的就是这首《将进酒》。为什么一定要补这首诗呢？因为这个题目，李白和李贺都写过，如果把两首《将进酒》放在一起对着读，你立刻就能明白，为什么李白叫诗仙，李贺叫诗鬼。这首诗写得真有鬼气。

先看前四句："琉璃钟，琥珀浓，小槽酒滴真珠红。烹龙炮凤玉脂泣，罗帏绣幕围香风。"这无疑是在讲酒宴。但酒宴是什么样的？宾是谁？主是谁？完全不知道，只是在眼前闪现出了一个个华丽的镜头：琉璃做的酒盅；琥珀一样，闪着蜜色光泽的黄酒；还有正在从槽床上滴下来，犹如一颗颗红珍珠一般的红酒。这是何等华美的风物，何等瑰丽的色泽呀。如此奢华的酒宴不光有酒，还有肉。什么样的肉呢？"烹龙炮凤玉脂泣，罗帏绣幕围香风。"李白说"烹羊宰牛且为乐"，已经够豪迈了吧？但李贺更厉害，他的锅里烹调的是龙肉和凤肉，这可是谁也没吃过、没见过甚至没想过的奇珍。

更妙的是"玉脂泣"，像玉一样洁白的油脂在锅里冒泡，就好像人在哭泣一样，这是多奇异的比喻呀。把大锅煮肉都能说得这么文艺，古往今来，怕是也只有李贺一人了。浓烈的香气飘散开来，又被罗帏绣幕围住。这罗帏绣幕围住的，岂止是酒肉的香气，应该还有这场酒宴本身吧？罗帏绣幕，围起了一个华丽甚至繁缛的小世界，这个小世界跟李白那个"黄河之水天上来，奔流到海不复回"的大舞台恰成鲜明对比。同样是目光横扫，李白看到的是一泻千里的大场景，而李贺则看到了一个个特写镜头，这些镜头一个个闪过，再叠加，像极了电影中的蒙太奇。这是一个不同。还有一个不同，李白那场酒宴，代入感太强了，让我们如见其人、如闻其声。我们都仿佛随着李白一起，烹羊宰牛，狂歌痛饮，仿佛都能听见他在喊叫："岑夫子，丹丘生，将进酒，杯莫停。"而李贺的这场酒宴呢？却自带一种虚幻感，每一样东西都那么绚丽，绚丽到了不真实的程度，整个罗帏绣幕仿佛就是一个摄影棚，不停地提示着我们，这不是真的，这只是一场电影，或者说，这只是一场梦。是不是呢？

看下四句："吹龙笛，击鼍鼓。皓齿歌，细腰舞。况是青春日将暮，桃花乱落如红雨。"这四句，是从酒席讲到助兴的歌舞了，写得真是妙不可言。妙在哪里呢？妙在每一句都自带美感。吹笛子也就罢了，非要写吹龙笛，让人觉得，笛声一定像龙吟一样悠扬。击鼓也就罢了，非要写击鼍鼓。所谓鼍，就是扬子鳄。鼓面蒙上扬子鳄的皮，让人觉得，鼓声一定特别浑厚响亮。光有乐器美还不够，给酒宴助兴的人也那么美。"皓齿歌，细腰舞。"皓齿是洁白的牙齿，细腰是纤细的腰肢，这是美女的标配，也是美女的标志，还可以做美女的代名词。"皓齿歌，细腰舞。"这真是让人浮想联翩的写法。因为皓齿是美的，所以从皓齿中发出来的歌就显得格外动听；因为细腰是美的，所以，用细腰扭出来的舞蹈也显得格外婀娜。这就和吹龙笛、击鼍鼓一样，都是形象暗示啊。如果说，"琉璃钟，琥珀浓，小槽酒滴真珠红。烹龙炮凤玉脂泣，罗帏绣幕围香风"还是极尽细节描述，不停地刺激你的感官；那么"吹龙笛，击鼍鼓。皓齿歌，细腰舞"就是通过形象暗示让你自动进入脑补状态，把作者没写出来的美也全部补足。"吹龙笛，击鼍鼓。皓齿歌，细腰舞"连续四个三字句，放在一起，就好像紧锣密鼓的鼓点，让人目不暇接、耳不暇听。酒浓，肉香，歌繁，舞密，这是一场怎样的盛宴、怎样的狂欢啊。大家一定都觉得奢华、精致，可是不知道为什么，却并不让人觉得开心，反倒有一种醉生梦死的感觉。为什么呢？

　　因为没有诗人的参与感。诗人仿佛始终在冷冷地旁观着这些旋转的镜头。那么，诗人为什么不能唱起来、跳起来、乐起来呢？接下来两句，作者一下子把谜底揭开了："况是青春日将暮，桃花乱落如红雨。"所谓青春，就是春天。原来，这是暮春，又是傍晚，春光将尽，落日低垂，一阵风来，桃花纷纷飘落，犹如洒下一场红色的雨。这场景美不美？当然美，我们今天在舞台上，不是还常常制造人工的花瓣雨吗？但与此同时，这场景悲不悲？又是那么悲。所谓青春，既是春天，也是生命啊。这是繁花走向飘零，这也是人生在走向死亡，这死亡的恐惧，已经把诗人压倒了！可能有人说，这种人生易逝的感觉李白也有啊！所谓"君不见，高堂明镜悲白发，朝如青丝暮成雪"不是也在感慨生命的短暂吗？没错，李白也感慨，但是，李白多雄壮啊，所以，他波澜壮阔地叹息之后，就去波澜壮阔地喝酒了。而李贺呢？却是在抵死狂欢之后，越发看出了生命的短暂与虚无。在这凄艳的花雨中，歌弦舞步越转越急，却仍然无法追上时间的脚步；在这末日的狂欢中，琼浆玉液再浓再美，也仍然会变成难以下咽的苦涩。怎么办呢？

　　看最后一句："劝君终日酩酊醉，酒不到刘伶坟上土。"到这一句，坟的形象出来了，李贺的气息也出来了。死亡的恐惧取得了压倒性的优势，既然如此，不如喝得酩酊大醉吧，毕竟我们暂时还活着，要知道，就算是嗜酒如命的刘伶，一旦死去，再想喝一滴酒也不能够了！这是何等绝望、何等寂寞的语言啊，和前面光影绚烂的欢宴场景恰恰形成了鲜明的对照，让人觉得触目惊心。孔子说："死生亦大矣！"面对死亡这个人类永恒的威胁，李白更愿意藐视它，努力追求活着的意义，所以他说"天生我材必有用"，他要"烹羊宰牛且为乐"。而李贺呢？却喜欢舔舐死亡的滋味，让自己变得更敏感，所以，他的春天是"桃花乱落如红雨"，他的人生是"劝君终日酩酊醉"。换句话说，同样面对生生死死这个亘古难解的话题，李白向生，李贺向死。这就是诗仙和诗鬼的差异吧。

不同的人，有不同的《将进酒》。李白豪迈雄壮，他的《将进酒》就如天风海雨；而李贺敏感纤弱，他的《将进酒》就如晚风花雨。谁更好？这其实既是不同的时代、不同的人生，更是不同的风格，无法简单比较。还是跟大家分享一下李贺的小故事吧。李贺一生呕心沥血，穷愁潦倒，27 岁就去世了。据说，在他去世之前，忽然看见一个红衣仙人，骑着一条红色的龙来召唤他，对他说，天帝刚刚建成一座白玉楼，正等着你去写记呢！什么意思呢？如果说李白是谪仙人，那么李贺也是谪仙人，只不过一个是从天上来，另一个则是到天上去罢了。

可怜日暮嫣香落，嫁与春风不用媒。

元稹《遣悲怀》（一）

（悼亡）

　　哀其实是分类别的。比如之前提到的壮志难酬之哀、青春易逝之哀，都偏于精神，偏于理想。但也有些哀愁，是属于现实生活的，它不需要你想起，它就横亘在那里。它揉碎的，不是你的哪一部分，而是你本身。比如元稹的《遣悲怀》。《遣悲怀》其实是一组诗，它环环相扣、步步紧逼。先跟大家分享第一首：

遣悲怀（一）
元稹

谢公最小偏怜女，自嫁黔娄百事乖。

顾我无衣搜荩箧，泥他沽酒拔金钗。

野蔬充膳甘长藿，落叶添薪仰古槐。

今日俸钱过十万，与君营奠复营斋。

谢公：东晋宰相谢安，他最偏爱侄女谢道韫。

黔（qián）娄（lóu）：战国时齐国的贫士。此自喻。言韦丛以名门闺秀屈身下嫁。

百事乖：什么事都不顺遂。

荩（jìn）箧（qiè）：竹或草编的箱子。

泥（nì）：软缠，央求。

藿（huò）：豆叶，嫩时可食。

《遣悲怀》是元稹写给亡妻韦丛的悼亡诗。中国古代文人的悼亡之作，以词而言，最好的是苏轼的《江城子·十年生死两茫茫》和贺铸的《鹧鸪天·重过阊门万事非》；以诗而言，最好的就是元稹这三首《遣悲怀》。第一首讲生前，第二首讲亡后，第三首讲自悲，彼此衔接，至情至性，道尽了患难夫妻的深情，也道尽了生离死别的悲哀。先看第一首：

"谢公最小偏怜女，自嫁黔娄百事乖。"这里涉及两个人物，一个是谢公，一个是黔娄。谢公是谁呢？在东晋南朝，谢家可是第一等士族，谢安、谢灵运、谢朓等若干谢氏子弟都青史留名，也都称谢公。比方说李白《梦游天姥吟留别》里，"脚著谢公屐，身登青云梯"的谢公就是谢灵运。而他的另一首诗《秋登宣城谢朓北楼》，"谁念北楼上，临风怀谢公"的谢公则是谢朓。"谢公最小偏怜女"的谢公又是谁呢？既不是谢灵运，也不是谢朓，而是他们的祖辈，东晋宰相谢安。因为谢安留下了一段与侄女谢道韫的佳话。当年，大雪纷飞之际，谢安问围坐在身边的侄子侄女，这雪像什么？侄子谢朗说："撒盐空中差可拟。"这比喻本来也不算太差，却不料身后的小堂妹谢道韫脱口而出："未若柳絮因风起。"两个比喻放在一起，当然高下立判，从此成就了谢道韫的才名，也成就了谢家重女的佳话。那黔娄又是谁呢？黔娄是战国时期齐国著名的隐士，号称家徒四壁。这两个典故跟元稹有什么关系呢？这其实就是元稹和他妻子韦丛的身份差距。

韦丛是谁？她是工部尚书、太子少保韦夏卿的女儿，那可是宰相级别的人物，堪比谢安。而这个爸爸对女儿的娇宠，还要超过谢安对侄女谢道韫。为什么？除了爸爸对女儿肯定比叔叔对侄女更亲之外，还因为韦丛是韦夏卿最小的女儿，她刚刚生下来，母亲就去世了。哪个爸爸不会对这样的女儿多一份心疼呢？韦夏卿给女儿起名叫韦丛，字茂之。丛也罢，茂之也罢，都是茁壮成长的意思，身居高位的爸爸对小女儿没有任何要求，只希望她能健康长大，这不正是一个父亲对女儿的深情吗？这就是"谢公最小偏怜女"，一句话，已经讲明了韦丛的娇贵。

那元稹又如何呢？元稹说起来也是北魏皇室后裔，祖辈世代为官，但是，在他还只有八岁的时候，父亲就去世了，从此家道中落，备尝艰辛。当时全社会都重视进士及第，元稹从小才气过人，本来也应该走这条金光大道，但是，他却只能在十五岁的年纪就去考更容易过关的明经科，只为了能早点儿进入仕途。这和如今无力念高中、考大学，只能初中毕业就去读中专是一个道理。这样寒苦，不就是唐代的黔娄吗？这样说来，韦丛嫁给他，本来就是下嫁。更糟糕的是，婚后，他又因为锋芒太露，屡屡得罪权贵，在政治上备受打压。出身白富美的妻子也因此百事不顺，吃尽苦头，这就是"自嫁黔娄百事乖"。"谢公最小偏怜女，自嫁黔娄百事乖"，起首一联，多少心酸，多少愧疚！

首联理解到这个程度可以不可以？可以，但还不够。不够在哪儿呢？古往今来穷人不少，诗人为什么不比别人，单比黔娄呢？因为黔娄不仅仅是个穷人，还是个著名的道家；更重要的是，黔娄有个非常贤惠的妻子，和韦丛颇有相似之处。黔娄夫人本来也是贵族出身，嫁给黔娄之后却甘心追随黔娄，安贫乐道。黔娄不是一生清贫吗？死后连一块能盖住全身的白布都没有。他的好朋友，孔门弟子曾参去吊唁，发现黔娄身上的白布盖住头就露出脚，盖住脚就露出头，就对黔娄夫人说，你不如把白布斜着盖，就能都遮住。不料黔娄夫人却回答说："斜之有余，不若正之不足。"我丈夫生前从来不斜，死后也不能斜。曾参又问，先生去世了，您希望给他一个什么样的谥号呢？黔娄夫人张口就说，谥为康吧。曾参非常不解，说，所谓康就是富贵啊，黔娄先生一生食不果腹、衣不蔽体，怎么能谥为康呢？黔娄夫人慨然回答，我丈夫生前，齐国国君要拜他为相，他拒绝了；鲁国国君要拜他为卿，他也拒绝了，这难道不是贵？两国国君都争相给他粟米，他也都拒绝了，这难道不是富？他在我心中既富且贵，怎么不能谥为康呢？如此深明大义、夫唱妇随，真是贤妻的典范啊。所以元稹自比黔娄，除了说自己穷之外，还暗示了妻子的贤惠。

　　具体怎么贤惠呢？看颔联："顾我无衣搜荩箧，泥他沽酒拔金钗。"这是在讲什么？讲妻子对自己的照顾。看见我没有衣服穿了，她就翻箱倒柜地给我找衣服；我没钱还缠着她要酒喝，她就拔下自己的金钗给我换酒。这两个细节多传神啊。元稹明明比韦丛大五岁，在妻子面前却像一个大孩子。衣服破了旧了，他自己可能并不在意，但妻子却看在眼里，一定要让他穿得暖和、穿得体面。问题是，元稹的俸禄那么低，妻子想要给他添置新衣，却总是心有余而力不足，只能翻箱倒柜地搜索，看看还有没有旧衣服可以改造翻新。这是多么体贴，又是多么为难！诗人本来就嗜酒，再加上仕途不顺，更是难免借酒消愁，兴致来了，他才不管家里有钱没钱，就缠着妻子要酒喝。所谓"泥"就是软磨硬泡，一个"泥"字，把诗人刻画得多么无赖！这本来很难容忍吧？可是妻子既不跟他抱怨，更不跟他吵闹，只是默默地转过身去，拔下娘家陪嫁的金钗，给他换酒喝。这里面，又有多少隐忍、多少理解！那接下来呢？

　　"野蔬充膳甘长藿，落叶添薪仰古槐。"我们分析律诗，经常说首联起，颔联承，颈联转。但这首诗不一样。它的颈联没有转折，而是在颔联的基础上进一步讲妻子的贤惠。颔联不是侧重说妻子对自己的照顾吗？颈联重点讲妻子持家的艰辛了。"野蔬充膳甘长藿"，是说没有钱买菜，只能吃野菜。问题是，野菜嫩的时候吃也罢了，他们没钱，只好一直吃一直吃。很快，他们拿来当菜吃的藿，也就是豆子叶长老了，变得难以下咽了，可妻子什么也不说，就那么高高兴兴地吃下去。这就是"野蔬充膳甘长藿"。一个"甘"字，何等懂事、何等知足！那"落叶添薪仰古槐"呢？是从吃饭说到烧柴了。没钱买柴，怎么办呢？妻子急得围着老槐树团团转，就指望它能多掉下点枯枝败叶，好拿回家去当柴烧。一个"仰"字，又是何等焦虑、何等无助！从野蔬充膳到落叶添薪，这是从吃饭说到生火，也是从春天说到了秋天。本来，吃菜也罢，打柴也罢，应该是丈夫为家庭提供的最基本保障，可是，诗人无能，一个个寒来暑往，一个个春夏秋冬，生活的压力都落在妻子柔弱的肩头上。

搜荩箧、拔金钗、甘长藿、仰古槐，几个最经典的动作，如同简笔画一般，把生活的困顿刻画出来了，也把贤妻的形象刻画出来了。我们的古人一直重视精神大于物质，孔子的大弟子颜回，最令人敬仰的品格便是"一箪食，一瓢饮，人不堪其忧，回也不改其乐"。但是，元稹最令人动容的地方，恰恰在于他真切地说出了贫穷给人造成的戕害，这样的生活连他自己都难以容忍，更何况是"最小偏怜"的妻子呢！可是，妻子却毫无怨言地陪在他身边。这让他怎能不自责？怎能不对妻子充满感激之情！妻子配得上一切荣华富贵，想来，心高气傲的诗人一定曾经默默发誓，终有一天，要让妻子过上幸福的生活，要让妻子为自己感到骄傲吧？

也正因如此，尾联才显得格外沉痛："今日俸钱过十万，与君营奠复营斋。"如今，我终于发达了，俸禄都超过了十万钱，再也不用整天为钱发愁了。可你却不在了，我只能拼命地祭奠你，不停地斋僧布道，请人超度你，可是，我也知道，这一切，又有什么用呢？本来，诗人清高，并不轻易谈论工资，元稹却在这里把工资写得格外清楚，这看起来不够含蓄，但却因此显得格外真挚：我真的有钱了呀，可你为什么没能等到这一天，你为什么没能跟我一起享受这一切呢？多少哀伤，多少不甘，写得那么浅显，却又那么真情毕露，让我们今天的人听了，都忍不住生出同理心，愿意陪着元稹大哭一场了。

韦丛生于 783 年，802 年嫁给元稹，809 年去世，仅仅活了 27 岁，跟元稹做了 7 年的夫妻。就在韦丛死后不久的 810 年，元稹被任命为监察御史，出使剑南东川，算是扬眉吐气了，也正是在这个时候，他写下了这三首《遣悲怀》。我在开头说过，写得最好的悼亡词是苏轼的《江城子·十年生死两茫茫》和贺铸的《鹧鸪天·重过阊门万事非》。苏轼是怎样回忆妻子的？"夜来幽梦忽还乡，小轩窗，正梳妆。"妻子让苏轼最忘不了的，是对镜晨妆的柔美。贺铸是怎样回忆妻子的？"空床卧听南窗雨，谁复挑灯夜补衣。"妻子让贺铸最忘不了的，是挑灯补衣的温柔。这都很细腻感人，但也都是相对寻常的夫妻情分。

相比之下，元稹和他们就不一样了。元稹跟韦丛是患难夫妻，而这患难夫妻，又有着韦丛下嫁的前提，这让元稹对妻子格外敬重、格外怜惜，也格外感恩。知恩图报是人的道德本能，可是，造化弄人，却让他们在即将改变命运的时候天人两隔。永远也报答不了的亲人，永远也无法弥补的遗憾，永远也不能释怀的心情，这才成就了《遣悲怀》第一首，让它在千载之下，仍然拥有动人心魄的力量。

元稹《遣悲怀》（二）

　　和前面所说的怀古的哀伤、生命的哀伤不同，《遣悲怀》的哀伤不是在哪一个点上一触即发，它如同傍晚的海潮，当第一波浪头退去的时候，你不要以为它到此为止，第二波浪头很快又翻腾着向你涌来，然后是第三波，第四波，似乎永无止境。

哀

遣悲怀（二）

元稹

昔日戏言身后意，今朝都到眼前来。

衣裳已施行看尽，针线犹存未忍开。

尚想旧情怜婢仆，也曾因梦送钱财。

诚知此恨人人有，贫贱夫妻百事哀。

戏言：开玩笑的话。身后意：关于死后的设想。

行看尽：眼看快要完了。

怜：怜爱，痛惜。

诚知：确实知道。

前面说过，《遣悲怀》第一首主要写妻子生前的样貌，第二首则是侧重妻子亡故后的悲哀。怎样写的呢？

先看首联："昔日戏言身后意，今朝都到眼前来。"所谓身后意，是指死后的安排。这样的话题，平时说起来，本来就有玩笑的成分。比如《红楼梦》第三十回，宝玉和黛玉拌嘴之后，宝玉去求和，黛玉赌气说"我死了"，宝玉马上说："你死了，我做和尚！"结果第三十一回，晴雯和宝玉吵架，袭人劝架反惹了一身的不是。这个时候，黛玉过来，袭人就借机发牢骚说，林姑娘，你不知道我的心事，除非一口气不来死了倒也罢了。宝玉呢，又接了一句："你死了，我做和尚去。"林黛玉就打趣他，做了两个和尚了。我从今以后都记着你做和尚的遭数儿。这做和尚就是所谓的"身后意"，这里有没有真情流露？当然有，但有没有戏谑的成分？当然也有。

小儿女之间，小夫妻之间，你死了，我如何如何，或者我死了，你如何如何这样的话题，本身就是闺房之乐的一部分，一点儿也不令人悲哀。真正悲哀的是，在元稹和韦丛之间，这个戏言居然变成了现实。"昔日戏言身后意，今朝都到眼前来。"昔日说到死，是何等轻松！今天真正面对，才知道自己是何等悲凉无助，完全不知道如何去面对。

那么，诗人到底要去面对什么呢？看颔联："衣裳已施行看尽，针线犹存未忍开。"这是在面对妻子留下的物件。看到你穿过的衣服，难免睹物思人，徒生伤感，还不如不看，于是，陆陆续续施舍给人，已经快施舍光了。你还留下那么多针线活，有完工的，有没完工的，上面沾染着你的手泽，这是我不能给人的，却又不忍心看见，就都封存起来。舍也罢，存也罢，都因为不忍，都意味着无法摆脱对妻子的思念，这份情感，写得委婉曲折、细致入微，真是非经过不能道也。还说《红楼梦》吧，第七十八回，晴雯含冤死去，宝玉那条血点般的大红裤子便不能再穿，因为是晴雯的针线，这不是一个道理吗？《红楼梦》和《遣悲怀》之间，相隔了一千年，时移世易，但人心之中，自然有一些永恒不变的东西在。我们今天看唐诗还能感动，不也正因为这一份不变的人性人情吗？

颔联写物，颈联该写人了："尚想旧情怜婢仆，也曾因梦送钱财。"家里的婢女仆人，都是你亲手调教出来的，也都伺候过你，看到他们，就会想起你，因此也对他们平添一份怜惜。这是什么样的感情？用一个成语来说，叫"爱屋及乌"，用一句词来说，叫"记得绿罗裙，处处怜芳草"。因为爱那房子，所以连房顶的乌鸦都喜欢；因为爱那穿绿罗裙的女郎，所以看见绿草都亲切。这成语也罢，词也罢，都很经典，但未免夸张。相比之下，元稹这句诗就显得格外平实，"尚想旧情怜婢仆"，婢女也罢，仆人也罢，总会有让人不满意的地方，可是，一想到他们是你身边的旧人，或者，一听到他们说，当年夫人如何如何，我的心就会软下来，也灰下来，再也无力责罚，这就是"尚想旧情怜婢仆"，一点也不夸张，但直击人心。"也曾因梦送钱财"呢？这是从白天写到黑夜了。所谓日有所思，夜有所梦，梦中的你，还跟活着的时候一样，在为衣食发愁，这都是因为我没能让你过上一天舒心的日子啊！所以醒来之后，我会给你烧一把把的纸钱，让你在另一个世界再也不用发愁。这真是贫贱夫妻才有的特殊情感，诗人何尝不知道纸钱是虚妄的，但是，除了烧纸钱，他还能做什么呢？

颔联和颈联，从衣裳到针线，从婢仆到钱财，都是活着的那个人要面对的身后事，这些事太平凡、太琐碎了，却也正因为如此，才能在不经意之间，一下一下地抓挠着诗人的心，也打动着一千多年来的读者。大家都知道，元稹和白居易是最好的朋友。还记得白居易是怎样写唐玄宗的亡妻之痛吗？"归来池苑皆依旧，太液芙蓉未央柳。芙蓉如面柳如眉，对此如何不泪垂？"也是睹物思人，也那么缠绵哀婉。但是，从这四句诗，我们就能看出来宫廷和凡间的差别了，唐明皇和杨贵妃永远也不用为生活发愁，所以，唐明皇思念的，是杨贵妃的一颦一笑，是那像荷花一样明艳的脸，是那像杨柳一样柔软的身姿，这样的怀念当然也动人，却不及凡间夫妻那么质朴深刻。感情原本就不是互相取悦那么简单，它还要经过同甘苦、共患难的打磨，才能变得深沉醇厚。《遣悲怀》中的伤痛，不像《长恨歌》那么浪漫唯美，但是，这种属于小人物的伤痛，属于小人物的深情却带着生活最本真的面貌，不必雕琢，自有动人心魄的力量。

首联提出身后事这个大主题，颔联和颈联具体展开，到尾联怎么收呢？"诚知此恨人人有，贫贱夫妻百事哀。"我当然知道，这种阴阳两隔的悲恨之情人人都会面对，只是像我们这样共同经历过贫贱的夫妻，才会想起任何一件事都觉得悲哀呀！直到今天，我们也还在用"贫贱夫妻百事哀"这句话，一般是用来表达贫贱夫妻无论干什么都不容易。这不是元稹的原意，但是，和原意也不无相通之处。相通在哪里呢？共守贫贱的夫妻，确实是太不容易了。我们今天的感慨到此为止，但元稹不是在叹息生活，他是在悼亡。回到悼亡的主题上来，如果妻子不经历如此贫贱的生活，她也许更快乐，也许不会这么早亡，这是元稹对妻子一生的愧疚，这种愧疚感挥之不去，才会让元稹超越了"诚知此恨人人有"的境界，发出了最后一声喟叹："贫贱夫妻百事哀。"

元稹在历史上并不以专情著称。他在和韦丛结婚之前对崔莺莺始乱终弃，在韦丛之后又续弦裴淑，还疑似留情于女诗人薛涛。但是，不能专情并不意味着不能深情，对于元稹而言，曾经和他一起共贫贱的结发妻子韦丛始终是一个特殊的存在，正所谓"曾经沧海难为水，除却巫山不是云"。这不是水的问题,也不是云的问题,而是因为,"贫贱之交不可忘,糟糠之妻不下堂"是中国人的道德准则,韦丛的死,让这信念落空了,这是一种无法释怀的伤痛。

我们在讲上一首《遣悲怀》的时候就说,元稹的悼亡诗,和其他人不一样,他不是单纯的丧妻之痛,更有一种受恩于人,却又无法回报的自责,有共患难却又无法共安乐的遗憾,这才是"诚知此恨人人有,贫贱夫妻百事哀"!

元稹《遣悲怀》（三）

　　《遣悲怀》三首，第一首写妻子生前，第二首写妻子亡后，第三首，则是诗人的自伤自叹了。鹣鲽情深的夫妻，总会让人在羡慕的同时觉得可怜。一个去了，另一个怎么办呢？他还能找到生活的快乐吗？他又将如何度过漫漫余生？

遣悲怀（三）

元稹

闲坐悲君亦自悲，百年都是几多时。

邓攸无子寻知命，潘岳悼亡犹费词。

同穴窅冥何所望，他生缘会更难期。

惟将终夜长开眼，报答平生未展眉。

邓攸（yōu）：西晋人，字伯道，官河西太守。《晋书·邓攸传》载：永嘉末年战乱中，他舍子保侄，后终无子。

潘岳：西晋人，字安仁，妻死，作《悼亡诗》三首。

窅（yǎo）冥（míng）：深暗的样子。

"闲坐悲君亦自悲，百年都是几多时。"我百无聊赖地坐在这里，为你难过，也为我自己难过。起首一句，承上启下。悲君，是承接前面两首，而自悲，则是开启新篇了。他为自己难过什么呢？"百年都是几多时？"所谓人生百年，又能有多长时间呢？妻子固然已经仙去，自己又岂能永远活着？这是在感慨人生短暂。可是，同样是说人生短暂，曹操《短歌行》中，"对酒当歌，人生几何"是感慨中透着雄壮，正因为人生短暂，才要及时建功立业，那是英雄的情怀。但元稹此时的身份不是英雄，而是一个妻子新丧、心灰意懒的丈夫。他说"百年都是几多时"就不是雄壮，而是颓唐了。

颓唐什么呢？看颔联："邓攸无子寻知命，潘岳悼亡犹费词。"这一联，用了两个典故，一个是邓攸无子，一个是潘岳悼亡。邓攸是谁呢？他是两晋之际的大臣，官至尚书左仆射。此人一生功业不少，不过，最为人熟知的，还是邓攸无子这件事。当年，西晋灭亡。邓攸被羯人石勒俘虏，他不甘心给新政权当官，就偷偷带着妻子、儿子，还有一个侄子往江南逃跑。可是从中原到江南要经历种种艰难险阻，带两个孩子难度太大了，他想来想去不能两全，于是跟妻子讲，侄子是弟弟的孩子，弟弟早死，把侄子托付给我，我不能让他绝嗣，无论如何也要保护好这个孩子。儿子是我们俩的，只要我们还在，终究可以再生。于是就抛弃了儿子，带着侄子到了东晋。按理说，这样的义举，应该得到上天的褒奖吧？可事实是天道无知，邓攸从此再也没有生出儿子，这不是命运的拨弄吗！那潘岳又是谁呢？潘岳就是著名的美男子潘安，此人不仅美到"掷果盈车"，还文采飞扬，号称"潘江陆海"；更重要的是，潘岳还是一个一往情深的好丈夫，他五十岁的时候妻子杨氏去世，潘岳写下三首《悼亡诗》，此后不复娶。这也是中国悼亡诗的开山之作。可是，就算潘岳的诗写得再好，对于死去的妻子来说，又有什么意义呢？元稹为什么要写这两个人呢？他这是在自比呀。我元稹才高，你韦丛贤惠，我们连续生过五个儿子，却无一存活，这不也是命吗？我也为你写了三首悼亡诗，也情真意切，可你泉下无知，还不是白费笔墨！子亡、妻丧，让诗人感到深深的幻灭。人间无情，此生无味，那么，可否寄情于死后，或者来生呢？

看颈联："同穴窅冥何所望，他生缘会更难期。"所谓同穴，就是合葬，这是中国的古老传统。而他生也罢，缘分也罢，则是随着佛教传入的新概念。《诗经·大车》说："谷则异室，死则同穴。"《孔雀东南飞》中，焦仲卿和刘兰芝殉情之后，也是"两家求合葬，合葬华山傍"。同穴本来是夫妻恩爱的表达，也是夫妻泉下相依的美好愿望。可是，元稹却说"同穴窅冥何所望"，窅冥，就是幽暗。人死后无知无觉，同穴又有什么值得期待的呢？同穴不值得期待，那么，佛教结缘来生的观念能不能给诗人一点安慰呢？元稹的回答是"他生缘会更难期"。今生都不能把握，所谓结取来生缘，就更是虚无缥缈了！

逝者已矣，无论什么都不能补偿；生者无聊，无论什么都不能安慰。诗人至此，已经悲不自胜，这才逼出最后一联："惟将终夜长开眼，报答平生未展眉。"什么都没用，什么希望都没有，我今后所能做的，只能是用整夜不能合上的泪眼，来报答你平生未曾展开的愁眉了！这一联，真是巧绝痴绝而又悲绝。用"终夜长开眼"对"平生未展眉"，对得那么自然工整，这是工巧；妻子终年愁苦，丈夫就回报以长夜思念，这是痴情。除了工巧，除了痴情之外，还有什么？按照陈寅恪先生在《元白诗笺证稿》里的说法，其实还有更深的一层意思，就是发誓不再娶。为什么呀？因为鳏鱼眼常开，元稹既然说要终夜长开眼，那就是自比鳏鱼，也就是说，要以鳏夫的身份了此一生了。这就是哀莫大于心死啊。韦丛去世时不到 27 岁，元稹也还只有 31 岁，原本鹣鲽情深的一对佳偶，却一个身故，一个心死，这又是悲绝！

可能有人会说，元稹后来并没有做到呀！没错，写下"十年生死两茫茫，不思量，自难忘"的苏轼后来又娶了王闰之，写下"我自中宵成转侧，忍听湘弦重理"的纳兰性德后来又娶了官氏，写下"惟将终夜长开眼，报答平生未展眉"的元稹，后来也有妻有妾，有新的人生。这个问题怎么看呢？个人觉得，《红楼梦》里，学小生的藕官有过一个最通达的解释。她说："比如男子丧了妻，或有必当续弦者，也必要续弦为是，便只是不把死的丢过不提，便是情深意重了。"所谓夫妻情深，并不只有夫死不嫁或者妻亡不娶这两种形式，它还可以表现为"何当共剪西窗烛，却话巴山夜雨时"的期待，表现为"金风玉露一相逢，便胜却人间无数"的喜悦，表现为"惟将终夜长开眼，报答平生未展眉"的悲伤。此刻的真诚，便是永恒，至于其后的事情，谁也不能完全把握，只能付之于无常的命运，付之于长久的思念了！

三首《遣悲怀》，从"自嫁黔娄百事乖"开始，到"报答平生未展眉"结束，首尾勾连，字字血泪，通俗易懂，却又感人至深。编《唐诗三百首》的蘅塘退士说："古今悼亡诗充栋，终无能出此三首范围者。"诚哉斯言。

何当共剪西窗烛，却话巴山夜雨时。

乐

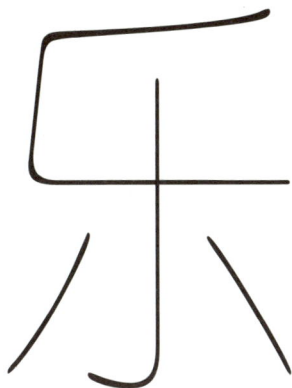

心情其实是有颜色的。喜是黄色，像暖暖的太阳；怒是红色，像燃烧的火焰；哀是灰色，像阴云密布的天空。乐呢？乐是彩色，比如彩色的焰火，一下子飞上天空，绽放出一朵花来。这焰火的花倏忽而逝，但是，看见的人还是会记住它带给人的赞叹和喜悦，那是漫长的生命中不可或缺的光彩。

王翰《凉州词》

（宴饮）

　　乐是小规模的喜。小到什么程度呢？以今天而言，看一场好电影是乐，听一首好歌是乐，吃一顿好饭也是乐，唐朝人又何尝不是如此呢？人生需要一次又一次的欢腾，就像漫漫长途需要一个又一个的加油站，乐够了，油加足了，才能精神抖擞，打虎上山。

凉 州 词

王翰

葡萄美酒夜光杯，欲饮琵琶马上催。

醉卧沙场君莫笑，古来征战几人回。

夜光杯：用白玉制成的酒杯，光可照明，这里指华贵而精美的酒杯。

沙场：平坦空旷的沙地，古时多指战场。

乐

《凉州词》是唐乐府《凉州曲》的唱词。凉州就是今天的武威，在唐朝属于陇右节度使的管辖范围。唐玄宗不是喜欢音乐吗？开元年间，陇右节度使郭知运投其所好，收集了一批西域曲谱进献宫廷，其中就有来自凉州的曲子。曲子只能演奏当然不尽兴，还要唱出来才好，所以好多人都为它填词，这些为《凉州曲》填的词就叫《凉州词》。其中最著名的有两首，一首就是本篇，还有一首是王之涣所作，很多人也非常熟悉，写的是："黄河远上白云间，一片孤城万仞山。羌笛何须怨杨柳，春风不度玉门关。"这两首诗哪个好？都好。王之涣那首诗还有一个著名的故事，就是旗亭画壁。

王之涣和王昌龄、高适都是著名的边塞诗人，常常在一起游乐。有一天下雪，三个人就一起到旗亭，也就是小酒馆躲雪喝酒。正好有一帮梨园的伶人和四个漂亮的歌伎也上来躲雪。他们边喝酒边唱歌，唱的都是当时的流行歌曲。三个诗人就相约说，咱们三人不是一直难分高下吗？今天就在这里赌一赌，看这些人唱谁写的歌多，谁就是老大。这边说着，那边一个伶人唱起来了，唱什么呢？"寒雨连江夜入吴，平明送客楚山孤。"这是王昌龄的《芙蓉楼送辛渐》，王昌龄很得意，在墙上画了一道说，我有一首了。接着，又有伶人唱道："开箧泪沾臆，见君前日书。"这是高适的《哭单父梁九少府》，高适也画了一道。接着，第三个伶人又唱："奉帚平明金殿开，且将团扇共徘徊。"这是王昌龄的《长信秋词》，王昌龄又往墙上画了一道。这时候，一首没有的王之涣坐不住了，他说，那些人都是潦倒的伶人，艺术品位不高，他们唱什么都不算。我就赌那四个歌伎之中最美的那位，她如果也不唱我的诗，我就终生不再跟你们叫板；但是，如果她唱我的诗，你们两位就要拜我为师！正说着，那边的漂亮歌伎还真唱起来了。唱什么呢？"黄河远上白云间，一片孤城万仞山。羌笛何须怨杨柳，春风不度玉门关。"三个诗人哄堂大笑。伶人赶紧询问怎么回事。王之涣他们把来龙去脉一讲，歌唱家们都罗拜在地说，我们有眼不识泰山，每天唱歌，却不知道词作者就在这里！于是重摆宴席，大醉而归。这个故事不见得是真的，但编得真好，不仅让我们对唐诗和音乐的关系一目了然，而且，还理解了盛唐时代的旷达与风流，当然，也表明了王之涣这首《凉州词》的地位。

王之涣的《凉州词》好在哪里？它几乎就是边塞元素的集结号。什么元素呢？远去的黄河，孤单的城池，壁立千仞的大山，胡汉分界的玉门关，胡人惯吹的羌笛，还有一直作为离别和思乡代名词的杨柳。每一个元素都直接指向边塞，都能让我们想起好多类似的边塞诗。而且，这首诗从最直观的视觉效果写起，一上来就是"黄河远上白云间，一片孤城万仞山"，一个由东向西的全景图，让人一下子就感受到大漠的荒凉

乐

与壮阔。然后再把落脚点转到细节，转到羌笛吹出的《折杨柳》，转到"春风不度玉门关"，转到边地的苦寒与军人的思乡，写得悲而不伤，雄劲苍凉。

但是，我一直觉得，王翰这首诗更特别。特别在哪儿呢？先看第一句："葡萄美酒夜光杯"。它不像一般边塞诗，先从大的视觉印象写起，给一个全景式的广角镜头，再由全景聚焦到细节。它一开始，就是一个宴会的特写。"葡萄美酒夜光杯"，犹如李白的"兰陵美酒郁金香"，又有点像李贺的"琉璃钟，琥珀浓，小槽酒滴真珠红"。仿佛忽然之间，大幕一下子拉开了，一个五光十色，充满奇珍异宝的宴会从天而降。但这个宴会和李白、李贺的宴会都不一样，它是那么富有边地色彩，为什么？因为这酒不是一般的美酒，而是葡萄美酒。谁都知道，葡萄也罢，葡萄酒也罢，本来就是西域特产。夜光杯更是西域宝物，根据东方朔的《海内十洲记》记载，周穆王的时候，西域胡人进献夜光常满杯，这种杯子由白玉之精做成，夜里会发出璀璨的光华。更神奇的是，把夜光杯的杯口朝天放在院子里，等到第二天一早，甘甜的水就会自动盛满酒杯。把葡萄美酒和夜光杯两个元素放在一起，就像我们今天把羊肉串和大盘鸡放在一起一样，马上，一种浓浓的西域色彩扑面而来。本来，边地苦寒寂寞才是我们的固有印象，可是，这首诗不写边城落日，不写白骨黄沙，而是直接出来一场盛宴，诱惑满满，让人感觉到一种出人意料的兴奋。

宴席摆开了，接着呢？看第二句："欲饮琵琶马上催"。这一句可就有争议了。一种意见说，宴会刚刚摆开，琵琶就奏响了，催促着战士们赶快上马，准备战斗。还有一种意见说，宴会摆开，琵琶声也随之而起，但并非催战士出征，而是催促着战士们赶快喝酒。这是因为，所谓"马上"，并不是让战士们上马，而是在马上弹琵琶。因为琵琶是西域传来的乐器，最初本来就是在马上弹奏的。这战场上的宴会，哪有什么高屋华堂？可能就是几顶大帐篷，大家席地而坐。这样一来，场地其实就比酒楼大了很多，足够马儿奔腾。酒宴摆开了，骏马飞驰着，琵琶声在马上奏响，宴会的场面一下子就被推上了高潮，这不也是很动人的场景吗？那么，到底哪个解释更好呢？个人觉得，虽然诗无达诂，但是在这里，理解成催喝酒比理解成催出发好。为什么？首先，琵琶不是军乐，若是催出发，显然不能用琵琶。其次，既然前一句"葡萄美酒夜光杯"，是酒席已经摆好，那么，第二句接催促喝酒，是顺承，意思比较连贯。如果是催出发，就是酒席摆好，但又不让喝了，是逆接。可能有人会说，逆接也可以呀！还会让整个情景更加跌宕起伏。没错，一场没有喝成的酒，就像一盘没有下完的棋一样，充满悬念，也不是不可以，问题是，还有下两句诗呢。

　　下两句是什么？"醉卧沙场君莫笑，古来征战几人回。"这是从宴会写到赴宴的人，写到战士们了。他们相互劝酒，他们痛饮狂歌：喝吧，喝吧，就算喝醉了躺倒在这沙场之上，你们也别笑话我呀，毕竟自古以来，出征塞外的将士，能有几个活着回去呢！有了这两句诗，"欲饮琵琶马上催"的意思就更清晰。是催出发还是催喝酒？当然是催喝酒。如果催出发，那么这酒就是壮行酒，壮行酒岂能喝醉！如果军人在出征之前就喝得烂醉，那得是多无奈、多消极，那就不是军人上战场，而是懦夫上刑场了。所以，"欲饮琵琶马上催"应该是催喝酒。琵琶在催战士们喝酒，战士们自己也在相互劝酒，甚至给自己灌酒。为什么呢？因为"醉卧沙场君莫笑，古来征战几人回"。

　　这两句诗一出来，另一个问题也出来了。将士们在喝酒的时候究竟是什么心情？或者说，诗人究竟想要表达什么心情？这也有两种说法。一种是说，这是"故作豪饮旷达之词，而悲感已极"。也就是说，前三句都是铺垫，葡萄美酒也好，马上琵琶也好，醉卧沙场也好，都是表象，背后是将士们深深的悲哀："古来征战几人回。"如果这样的话，这首诗就是低沉的，反战的。而另外一种说法则认为这两句不是悲伤语，而是谐谑语。什么意思呢？战士们是说，喝吧喝吧，就算喝醉了，还怕有人笑话咱们不成！咱们连死都不怕了，还怕喝醉吗？再说了，盛宴难得，你今天不喝，明天战死，岂不冤枉！如果这样解释，这首诗就是昂扬的，慷慨的。

到底哪种解释更好呢？我个人更愿意接受第二种解释。因为这是盛唐的边塞。这是"宁为百夫长，胜作一书生"的时代，是"少小虽非投笔吏，论功还欲请长缨"的时代，也是"孰知不向边庭苦，纵死犹闻侠骨香"的时代。这个时代的战士，不是不知道边地苦寒、战场险恶，但是，他们还是一腔豪情、舍生忘死。他们不是借酒消愁，而是在战斗的间歇开怀畅饮，他们并不厌恶戎马生涯，他们早已做好了血染沙场的准备，既然如此，面对这难得的闲暇、难得的盛宴，为什么不及时行乐、一醉方休呢？整首诗散发着盛唐时代特有的行乐主义和英雄气象，这才像是王翰写的诗。

为什么这么说？因为王翰是唐朝著名的狂人。此人家资富饶，号称"枥多名马，家有伎乐"，是典型的"高富帅"。有这样的背景，再有才华，为人不免狂放。狂到什么程度呢？根据《封氏闻见记》记载，开元初年，他去长安参加科举考试，人家都等着朝廷张榜公布，他却自己制作了一个榜单，把天下才子分为九等，他自己堂而皇之就在第一等。跟他并列第一等的还有谁？张说和李邕。要知道，张说可是一朝宰相，文坛领袖，而李邕则是大书法家，还以爱才养士著称，李白、杜甫都受过他的恩惠，

乐

社会威望相当高。王翰一个考生，公然把自己和他们两位前辈并列，这是何等狂放啊。

可是，唐朝就是唐朝，张说不仅不恨他，还时时处处提携他。更神奇的是一个老太太崔氏，要买房子，买哪里的呢？她对儿子说："吾闻孟母三迁。吾今欲卜居，使汝与王翰为邻，足矣！"买房子不考虑地段，不考虑配套设施，就要和王翰做邻居，这是何等狂热的追星，又是何等神奇的时代！这个时代给了王翰足够的厚爱，王翰也没有辜负这个时代。这首《凉州词》，音调铿锵，感情昂扬，它写出了战场上特殊的快乐，洋溢着真正的盛唐之音，被王世贞称为唐朝七绝的压卷之作。

鱼鳞含宿润，马乳带残霜。

李白《将进酒》

（宴饮）

　　李白是个诗仙，更是个酒仙。他的诗和酒之间的关系，杜甫说得最清楚："李白斗酒诗百篇，长安市上酒家眠。天子呼来不上船，自称臣是酒中仙。"酒最能让李白兴奋起来，让他像战士一样，和天地斗，和权贵斗，和人世间的一切渺小与庸俗战斗。酒是他的剑、他的子弹，也是载着他飞翔的翅膀。

将 进 酒
李白

君不见，黄河之水天上来，奔流到海不复回。

君不见，高堂明镜悲白发，朝如青丝暮成雪。

人生得意须尽欢，莫使金樽空对月。

天生我材必有用，千金散尽还复来。

烹羊宰牛且为乐，会须一饮三百杯。

岑夫子，丹丘生，将进酒，杯莫停。

与君歌一曲，请君为我倾耳听。

钟鼓馔玉不足贵，但愿长醉不愿醒。

古来圣贤皆寂寞，惟有饮者留其名。

陈王昔时宴平乐，斗酒十千恣欢谑。

主人何为言少钱，径须沽取对君酌。

五花马，千金裘，呼儿将出换美酒，与尔同销万古愁。

君不见：乐府诗常常用作提醒人语。

岑夫子：岑勋。丹丘生：元丹丘。二人均为李白的好友。

陈王：指陈思王曹植。

　　《将进酒》本来是汉乐府中的鼓吹曲，意思就是劝酒歌。内容当然是劝人喝酒，但谈不上有多豪放。比如南朝刘宋文学家何承天的《将进酒》："将进酒，庆三朝，备繁礼，荐佳肴。"是不是很质朴？但是，到了李白笔下，《将进酒》一下子就有如蛟龙得水，一飞冲天了。

　　看前两句："君不见，黄河之水天上来，奔流到海不复回。君不见，高堂明镜悲白发，朝如青丝暮成雪。"这两句诗，在讲什么？讲人生短暂，光阴易逝。这不是什么新鲜的主题，但谁能讲出他的气势？"君不见，黄河之水天上来，奔流到海不复回。"你没看见吗？黄河之水从天而来，它奔向大海，永不回头。这是在讲黄河的来路和去向啊。黄河水发源于青藏高原，中国地势西高东低，站在下游看，黄河有如从天而降，势不可挡，这就是"黄河之水天上来"。那"奔流到海不复回"呢？是说黄河东走大海，一泻千里。这一来一回之间，明明是说一去不返的意思，却又构成一种回环往复的咏叹，何等舒展，又何等壮阔！人生不也是一条长河吗？黄河一去不回，人生又如何呢？

　　看第二句："君不见，高堂明镜悲白发，朝如青丝暮成雪。"你没看见吗？那华堂之上的主人公，他正对着镜子悲叹，早晨还是满头青丝，晚上怎么就变成了一堆白雪？这是在讲什么？这是从大河奔流讲到了时间的流逝，时间都去哪儿了？还没好好感受年轻就老了。这种青春易逝的感慨不仅李白有，我们也都有吧？可是，谁能说得像他那样夸张呢？"朝如青丝暮成雪"。从青春到垂老的人生被他安排到了一天的时间。人生如此短促，谁能不震撼，谁能不心惊呢？把这两句诗放在一起看，就更有气势了。前一句是空间的夸张，极言黄河的壮阔；后一句是时间的夸张，极言人生的短促。这不仅是用大河一去不返来比喻人生一去不返，也是在用大自然的壮阔来反衬人的渺小。无论是哪种情感，都会让人觉得悲哀吧？可是，在极度的夸张下，这悲哀又来得那么壮阔，它不是某个人的感伤，而带有全人类的命运感；它不是"儿女共沾巾"，而是一种巨人式的悲伤，这就是李白。

生命如此短暂，怎么办呢？李白有自己的解决方式："人生得意须尽欢，莫使金樽空对月。"既然人生短促，那就及时行乐吧，一定不要让金樽空对着明月呀！这一句，是李白的经典表达，他不是还说过"人生达命岂暇愁，且饮美酒登高楼"吗？可是，李白真的得意吗？要知道，这首《将进酒》是李白晚年的作品，他已经经历过大半个人生了。当年御手调羹、龙巾拭吐的时候他得意过，可是旋即又陷入深深的失望中：皇帝需要的，只是一个会写诗的弄臣，可他偏要做帝王师，最后只落得一个赐金还山的命运，这哪里算得上得意！但是，李白不是怨妇，他不会躲在角落抹眼泪，也不会拉着别人诉衷肠，他会把失意过得和得意一

乐

样，他会把激愤化作豪迈，这就是"人生得意须尽欢，莫使金樽空对月"！莫是否定，空还是否定，双重否定，意味着更强烈的肯定，所谓"莫使金樽空对月"就犹如《金缕衣》中的"莫待无花空折枝"，充满着怂恿，充满着号召。

"人生得意须尽欢"是一种生命的挥霍，而"莫使金樽空对月"又必然意味着金钱的挥霍，他挥霍得起吗？李白说："天生我材必有用，千金散尽还复来。"这两句诗真有气势，非李白不能道，非李白不能为。当年李白壮游维扬，不逾一年，散金三十万，这不是一般的潇洒。自古以来，大家都喜欢说"物物而不物于物"，可事实上，又有几个人能做得到呢？但是，李白的确说到做到，因为他有这份自信。所谓"千金散尽还复来"，是建立在"天生我材必有用"的信念之上的，只要我的天才还在，要想挣钱，还不是举手之劳！既然如此，今天的挥霍，又有什么可顾虑的呢？这真是一种令人咋舌的豪情。但是，我们说这句诗好，还不仅仅是因为它表现了李白的豪迈，更是因为它代表了我们这些凡夫俗子也会有的一种精神向往。如今，很多人并不知道《将进酒》，但也会自然而然地说出"天生我材必有用"，用它来激励自己，或者激励别人。这句话太有震撼力了，作为万物之灵，作为天地之间大写的人，我们都需要承认自己存在的意义，都渴望实现自己的价值，所以"天生我材必有用"才可以从一首具体的诗中抽离出来，千百年来，引起无数人的深深共鸣。

不过，当年李白可能并没有想那么多，他只是凭着骨子里的豪情，想要一场不管不顾的盛宴："烹羊宰牛且为乐，会须一饮三百杯。"想想看，人和人是多么不一样啊。孟浩然的宴会，是"故人具鸡黍，邀我至田家"；白居易的宴会，是"绿蚁新醅酒，红泥小火炉"，他们都满足于寻常的小日子，愿意享受属于普通人那种温暖而不张扬的欢乐。但李白不一样，李白是人，但又不是凡人，他是谪仙人，他要铺张的排场，他有贵族的气派，他不要山肴野蔬，他要烹羊宰牛，他不要"能饮一杯无"，他要"会须一饮三百杯"！

酒宴到了这里，已经从开始的悲感变为热闹，甚至变为狂放了，于是李白也发出狂歌："岑夫子，丹丘生，将进酒，杯莫停。与君歌一曲，请君为我倾耳听。"岑夫子是岑勋，丹丘生是元丹丘，他们不是什么了不起的人，却也一定不是俗人，因为李白那么愿意跟他们喝酒，跟他们喝酒的时候，又能写出那么多好诗。岑夫子啊，丹丘生，快喝酒吧，不要停。我给你们唱首歌，请你们侧耳来倾听。这几句诗多神奇啊。用了这么一连串短促的句子，短促的节奏。几个长句子之后，忽然出现这样急促有力的短句子，就好像音乐之中忽然敲起了鼓点，哒哒哒，哒哒哒，岑夫子，丹丘生，哒哒哒，哒哒哒，将进酒，杯莫停。这不正是我们现在在宴会上还能看到的场面吗？本来是斯斯文文地喝酒，越喝越高兴之后，就开始叫着名字劝酒了，老张来一个，老李干一杯，这不就是"岑夫子，丹丘生，将进酒，杯莫停"吗？这还不够，更神奇的是"与君歌一曲，请君为我倾耳听"。要知道，李白本来就是在写诗啊，写诗就是作歌，可是这里又出现了诗中之诗、歌中之歌。这还是会让人想到今天的酒宴，本来就是劝酒，劝着劝着，就有人唱上了。李白其实也是唱上了，他已经摆脱了文学创作的境界，直接回到了酒宴的现场。他唱什么呢？

"钟鼓馔玉不足贵，但愿长醉不愿醒。古来圣贤皆寂寞，惟有饮者留其名。"古代贵族吃饭鸣钟列鼎，所以钟鼓代指贵；馔玉是指精美如玉的食物，所以又可以代指富。李白是说，鸣钟列鼎，饫甘餍肥这样的富贵生活并不值得追求，我只想长醉，不愿清醒。这是什么情绪？还是欢乐吗？这不是欢乐，这是激愤啊，所谓"举世皆浊我独清，众人皆醉我独醒"，清醒的时候，就会想到"大道如青天，我独不得出"，想到"嫫母衣锦，西施负薪"，想到世上的种种不平。这样的清醒是痛苦的，所以才"但愿长醉不愿醒"。那么，诗人真的是鄙薄富贵吗？并不尽然。李白始终有一颗入世之心，始终愿意追求功名。但是，因为世事污浊，富贵并不属于真正有本事的人，所以诗人才说"钟鼓馔玉不足贵，但愿长醉不愿醒"。既然愿意长醉，那就继续喝酒吧，"古来圣贤皆寂寞，惟有饮者留其名。"古来圣贤寂寞，诗人又岂能不寂寞！可是，寂寞无法排遣，还是只能喝酒，并且给喝酒找理由，这理由是"惟有饮者留其名"。

那么，到底是哪个饮者留下了名字呢？"陈王昔时宴平乐，斗酒十千恣欢谑。"所谓陈王，是指陈思王曹植。一看李白举的例子，就知道他心里佩服谁，又自比为谁了。曹子建才高八斗，李白岂能不引为同类？曹子建受人猜忌，终身蹭蹬，李白岂能不感同身受？所以他讲饮者，不讲别人，单讲陈王曹植，这里就能看出他的自我期许了。当年，曹植在《名都篇》里写道："归来宴平乐，美酒斗十千。"是说打猎回来，在平乐宫畅饮美酒，李白干脆直接借用了这句诗，所以才有"陈王昔时宴平乐，斗酒十千恣欢谑"。这既是拿古人来自比身价，也是拿古人来浇自己心中块垒吧。这种感慨，这种寂寞，又岂是"及时行乐"四个字所能概括的！所以，如果认为这首诗就是讲及时行乐，那真是把李白看扁了。

无论是什么情绪吧，这首诗直到这里，还都是在劝人喝酒，痛快喝酒，可是，忽然之间，一个小小的不和谐音出现了："主人何为言少钱，径须沽取对君酌。五花马，千金裘，呼儿将出换美酒，与尔同销万古愁。"酒店的主人出来，说他们的钱不够了。想来，也许是主人觉得这几个客

乐

人大呼小叫，怕他们闹事，所以借故逐客吧。问题是李白酒兴正浓，怎么可能就此罢休呢？李白拍案而起了："五花马，千金裘，呼儿将出换美酒。"把我那名贵的五花马，把我那珍贵的千金裘都拿出来，让小童拿去换酒来！这是何等快人快语，不拘小节！说到这里，真要感慨一下李白的气概，他才是天生的皇帝，无怪乎唐明皇见了他都要低下头来，也无怪乎贺知章要拿金龟换酒给他喝，他就是那么任性，他就是那么视金钱如粪土，他不是狂徒，而是一个永远寂寞的天才。这样的天才，原本就该被人捧着，被人纵着呀！

问题是，这样痛饮狂歌着，谁都不会想到他一下子就结尾了。怎么结尾呢？"与尔同销万古愁"！一下子，开头那萦怀不去的悲哀又回来了，人生是那么短暂，世事是那么污浊，我们只能喝酒喝酒，一醉解千愁了！可是，什么酒才能解这万古之愁呢？什么酒也解不了，所以，诗到这里就戛然而止了，让你甚至要打一个激灵。回过神来，才意识到，这首诗，真如江河奔腾，一泻千里，却又如五色花开，参差错落。起得惊心动魄，收得鬼斧神工。原来，愁才是无边无际的大海，饮酒之乐，只是茫茫大海上的一面风帆。风帆无法掩盖大海，但是，若没这风帆，人又如何能有勇气，生活在无尽无际的大海之上呢？

李白《听蜀僧濬弹琴》

　　音乐一直是人类快乐的源泉。但是，战国时期，齐国的国君齐宣王却有了一个苦恼——他爱上了音乐。爱上音乐为什么要苦恼呢？中国古代以礼、乐、射、御、书、数六艺教君子，乐不是排在第二位吗？齐宣王之所以苦恼，是因为他并不爱先王雅乐，而是爱上了世俗音乐，这让他觉得很羞愧。正在这个时候，大儒孟子来了。孟子告诉他，先王雅乐和世俗音乐都好，只是有一样，当国君的，一定要能够与民同乐，才能真正享受音乐的快乐。李白没有齐宣王雅俗纠结的大苦恼，也没有他那

乐

般与民同乐的大快乐。但他也雅好音乐，有一个秋天，他听了一场专门为他演奏的音乐会，也获得了真正的快乐，而且是一种有别于《将进酒》的，优雅而宁静的快乐。

听蜀僧濬弹琴

李白

蜀僧抱绿绮，西下峨眉峰。

为我一挥手，如听万壑松。

客心洗流水，馀响入霜钟。

不觉碧山暮，秋云暗几重。

绿绮（qǐ）：琴名。诗中以绿绮形容蜀僧濬的琴很名贵。
馀响：指琴声余音。入霜钟：谓琴音与钟声混合。

乐

　　唐诗中写音乐的名篇很多，最著名的有白居易的《琵琶行》、李贺的《李凭箜篌引》、李颀的《听安万善吹觱篥歌》等。李白这首诗有什么特色呢？先看题目《听蜀僧濬弹琴》。蜀僧濬，自然是来自蜀地的，名叫濬的和尚。弹琴，当然是弹奏古琴。很多人可能觉得，这跟白居易听长安娼女弹琵琶，李贺听梨园弟子李凭弹箜篌没有什么区别。其实不然。古代琴是雅乐，而琵琶也罢，箜篌也罢，觱篥也罢，是俗乐。琴雅到什么程度呢？按照《礼记》的说法，是"士无故不撤琴瑟"。古琴音色中正平和，意境悠远，符合中国文化的精神和中国人的审美情趣，所以，不仅是文人四艺之首，也是历代高僧、隐士身边的标配。蜀僧濬是僧人，李白是文人，这两个人，一个弹琴，一个听琴，会找到怎样的感觉呢？

　　先看首联："蜀僧抱绿绮，西下峨眉峰。"这一联真漂亮，而且凭空生出仙气来。漂亮在哪里？一个"绿"字，翠色满眼；一个"峨眉"，秀绝天下。有这两个词在里头，这一联诗已经漂亮了。那为什么又有仙气？因为绿绮是天下名琴，峨眉山则是佛教名山。当年西汉才子司马相如为梁王写《如玉赋》，梁王回赠绿绮琴，从此，绿绮自身的名气和司马相如的风流偶傥相得益彰，绿绮也成了名琴的代称。而峨眉山不仅号称"峨眉天下秀"，更是所谓普贤菩萨道场，算是一座仙山。想想看，一位宽袍大袖的高僧，怀抱绿绮琴，从峨眉峰飘然而下，这是何等仙风道骨，让人不由得生出倾慕之心。

这一联诗是实写还是虚写？很难说。要知道，李白是蜀人，此刻得遇故乡僧人，巴蜀山水也罢，巴蜀人物也罢，一时全都涌上心头，所以自然而然，诗人就把眼前事和心中情融为一体了。既然僧人从蜀地来，那么，他弹的一定是绿绮琴，因为那是司马相如的琴，而司马相如是蜀中名士；同样，因为僧人从蜀地来，那么，他必然出自峨眉山，因为峨眉山月半轮秋，那是诗人梦萦魂牵的故乡景色。有这样的情结，才有了这一联"蜀僧抱绿绮，西下峨眉峰"，写一个蜀僧，背后却用名士名山做衬托，写得风度潇洒、气势不凡。

弹琴人已经出场，接着该弹琴了。怎么弹呢？"为我一挥手，如听万壑松。"如果说，首联写得仙气，那么，这颔联写得神气。神气在哪儿？首先是在文字的潇洒。按照规矩，五言律诗的颔联一定要对仗。可李白这一联，除了一可以对万，剩下没有一个字能对得上。可是，虽然对不上，却又潇洒大方、神采飞扬。蜀僧的手一挥，马上，人仿佛就被吞没在万壑松涛之中，这是何等伟大的音乐力量呀。音乐伟大，李白的文字驾驭能力更伟大。不过，伟大归伟大，却不可学。为什么不可学？因为李白是谪仙人，自有一种俯视万物的气概，他驾驭得了。一般人没有这个气概，盲目学他，只能是画虎不成反类犬，流于草率了。

只有李白，率性而写，却又挥洒自如，这是第一个神气。第二个神气的地方，在大写的"我"字。李白既然是谪仙人，每每顾盼自雄，把自己当世界的中心，这首诗也一样。别人写听音乐，往往重在奏乐者，比如白居易写《琵琶行》，虽然以诗人自己的活动开篇，但是一旦到了"忽闻水上琵琶声，主人忘归客不发"之后，马上就进入琵琶女的世界了，琵琶女"千呼万唤始出来，犹抱琵琶半遮面"，琵琶女"轻拢慢捻抹复挑，初为霓裳后六幺"，诗人呢？诗人隐在背后了。可是李白不一样。他写完"蜀僧抱绿绮，西下峨眉峰"之后，大刺刺地就来了一句"为我一挥手"，马上，自己就成了主体，真是天上地下，唯我独尊。

嵇康《琴赋》说："伯牙挥手，钟期听声。"当年，俞伯牙一挥手，钟子期马上听出了高山流水，现在蜀僧濬挥手，李白听出了什么呢？"为我一挥手，如听万壑松。"古琴曲中，有一曲就叫《风入松》，蜀僧濬为我挥手一弹，我仿佛真的听到了万壑松风，四壁振响。为什么不弹别的曲子，单弹《风入松》？因为弹琴的人是僧人。红尘之外，不做桃李之想，但是，挺立的青松、呼啸的长风，却正和僧人的身份吻合，其实也和诗人的身份吻合。这是君子之交，所以才有松风之曲。这一句"如听万壑松"写得如何？真洗练，也真不同寻常。不同寻常在哪里？其他诗人写音乐，都要反复描摹，细致入微吧？还拿《琵琶行》举例子："大弦嘈嘈如急雨，小弦切切如私语。嘈嘈切切错杂弹，大珠小珠落玉盘。"
真是轻重缓急，如闻其声。可李白呢？只有五个字，"如听万壑松"
而已。

为什么李白这样写？还是那个问题，如果以奏乐者为主体，当然要
极力表现弹奏的技巧和效果，但李白是以自己为主体，只需要写出自己
的感觉就可以了。这是什么样的感觉呢？高山深谷间，松涛阵阵，这穿
林而过的风声是那么清冽，却又有着那样排山倒海的气势。一句"如听
万壑松"，让人如临其境，而且升腾起一种庄严堂皇的感情，这正是古
琴作为雅乐的神韵啊。既然已经得其神韵，蜀僧濬究竟怎样弹其实就不
重要了，这不正是原始意义上的"得意忘形"吗？

首联起，写弹琴人；颔联承，写琴声；颈联呢？颈联转，转到自己
的感受了。什么感受呢？"客心洗流水，馀响入霜钟。"因为刚刚从莽
莽松林中穿越而来，我的心好像被流水洗过一样纯净；而且，琴曲终了，
余音还袅袅不绝，融入了薄暮时分寺院的钟声里。这个意思不难理解，
李白之前，齐国人听韩娥唱歌，就说余音绕梁，三日不绝。李白之后，
苏轼在黄冈赤壁听人吹洞箫，也是"余音袅袅，不绝如缕"，可见，好
的音乐萦绕心头，回旋不去是古往今来人们的通感，我们今天也仍然能
体会到。但是，只体会到这一步还不够，因为李白要表达的意思比

乐

这复杂。

复杂在哪里呢？在这一联中，他其实用了两个典故，一个是流水，一个是霜钟。所谓流水，和挥手一样，还是讲伯牙和子期的故事，当年，伯牙弹琴，志在流水，钟子期马上回应说："善哉，洋洋兮若江河！"这样一来，所谓客心洗流水，不仅仅是说，我的心好像被水洗过，它更确切的意思是说，我听出了你琴声中的流水之意，而我的心也真的如同被流水洗过，这才是心心相印。那什么又是霜钟呢？霜钟，出自《山海经·中山经》，是说丰山有九钟，霜降则钟鸣。换句话说，这个钟和霜是有感应的。这样一来，所谓"馀响入霜钟"就不仅仅是说琴声融入了晚钟，也不仅仅是点出了秋天的季节感，它还有同声相应、同气相求的意思在里头，还是表达了诗人和蜀僧之间的会心之感。可能有人会说，这么复杂呀，如果不知道这些典故怎么办？其实，古人虽然讲究用典，但是，用典的最高境界绝不是让你看不懂，而是让你即使不知道典故也能看懂，但是知道了典故会懂得更深更透。就拿这首诗来说，绿绮、挥手、流水、霜钟，都是用典。可是，就算你不知道这些典故，仍然能够把诗流畅地读下来，而且，仍然觉得它很美，用典浑然无迹，这才是高手。

颈联已经写到了"客心洗流水，馀响入霜钟"，琴已经弹完了，尾联怎么接呢？"不觉碧山暮，秋云暗几重。"这个衔接何等自然啊。"馀响入霜钟"，是说琴的余音和寺院的晚钟声缭绕在一起，而钟声一响，自然也敲醒了沉醉于音乐中的诗人。他回过神来，蓦然四望，才发现在不知不觉间，苍翠的群山已经暗淡下来，灰色的秋云层层叠叠，布满了天空。

一首曲子过去了，一天过去了，一年的光景也到了秋天，美好的东西，总是消逝得那么快。读到这里，一种既甜蜜又惆怅的感觉油然而生，但是却再也说不出来，也不必再说。这其实也是余音袅袅，或者说，就是陶渊明所谓"此中有真意，欲辨已忘言"吧。

金尘飘落蕊，玉露洗残红。

（青春）

王昌龄《采莲曲》

采莲是中国古典诗词的一个重要主题。因为采莲虽然是一种劳动，但是这种劳动跟其他劳动不一样，它自带美感，自带诗意。一般的劳动，比如李绅的《悯农》吧，"锄禾日当午，汗滴禾下土。谁知盘中餐，粒粒皆辛苦。"好自然是好的，但是它不美。采莲却不同，盛夏的时光，碧绿的荷叶，娇艳的荷花，再加上俏丽的采莲姑娘，本身就是一幅画、一首诗，让人看了，自然而然就会产生吟咏的冲动。除了美与诗意之外，采莲还是快乐的。这份活计既不重又不闷，也没有什么严格的时间限制，几个女伴，摇着船，唱着歌，打打闹闹的，玩儿也玩儿了，活儿也干了，到了晚上，会带回一船的莲花，一肚子交换来的小秘密，晚上做梦都带着香气。这一种快乐来自夏天，来自劳动，来自爱情，更来自青春本身。

乐

采 莲 曲

王昌龄

荷叶罗裙一色裁，芙蓉向脸两边开。

乱入池中看不见，闻歌始觉有人来。

罗裙：用细软而有疏孔的丝织品制成的裙子。

芙蓉：指荷花。

看不见：指分不清哪里是芙蓉的绿叶红花，哪里是少女的绿裙红颜。

讲采莲的诗篇，目前能看到最早的一首，是汉乐府的《江南》："江南可采莲，莲叶何田田。鱼戏莲叶间。鱼戏莲叶东，鱼戏莲叶西。鱼戏莲叶南，鱼戏莲叶北。"乐府嘛，本来是用来唱的，怎么唱呢？据余英时先生的说法，大概前三句是领唱，后四句是合唱，领唱勾画出一幅江南荷塘的整体风貌，合唱则是同一个句式反复吟咏，表现鱼儿在莲叶周围四处穿梭，明媚活泼，纯是天籁之音。更有趣的是，既然讲采莲，自然应该既有人，又有花才对。可是这首诗呢？通篇没有出现一个采莲人，也没出现一朵莲花，只用一片田田的莲叶和几尾往来穿梭的鱼儿，就让我们自动脑补出了一池娇艳的荷花，一群活泼的采莲姑娘，甚至还有几个在旁边没话找话、没事找事、不停献殷勤的小伙子。为什么呀？因为民歌最喜欢一语双关，"莲叶"的"莲"谐音"怜爱"的"怜"，鱼戏莲叶象征小伙子围着姑娘追逐，这些意象在中国人看来，都是不言自明的事。所以，虽然这首乐府民歌什么也没说，但是我们都给脑补了出来。

汉朝主要经济区还在北方，所以虽然有《江南》这样讲采莲的乐府，但是还不多见。到了魏晋南北朝，因为北方人大量南迁，江南进一步开发，独具江南风情的采莲曲也一下子多了起来。南朝的梁武帝、梁元帝父子都写过《采莲曲》，而且写得特别有趣。比如梁元帝的《采莲赋》："碧玉小家女，来嫁汝南王。莲花乱脸色，荷叶杂衣香。因持荐君子，愿袭芙蓉裳。"把中国历史上最著名的小家碧玉——东晋汝南王的小妾刘碧玉也打扮成了一个采莲女，说她脸若荷花、香似荷叶。这首诗虽然也有民歌风范，但是跟刚刚说过的那首乐府诗相比，文人气息显然重了不少。但是，无论怎么变，《采莲曲》的主题始终不变。什么主题呢？优美的风景，欢快的劳动，还有隐隐约约的，采莲姑娘和小伙子的爱情。

王昌龄这首《采莲曲》是否也是如此呢？先看前两句："荷叶罗裙一色裁，芙蓉向脸两边开。"这两句真漂亮。哪里漂亮？首先，颜色搭得漂亮。什么颜色呢？既然是"荷叶罗裙一色裁"，这头一句自然是绿的。那"芙蓉向脸两边开"呢？可以是粉白的，也可以是粉红的，反正都是荷花的颜色，也是青春少女的脸色。这是多美的搭配呀，它不是春天那种嫩绿配娇黄，也不是秋天的苍翠配老红，而是最具生命力的浓绿配艳粉，这正是夏天的颜色，也正是青年女子的生命色彩呀。这是第一个漂亮。

第二个漂亮在哪里？句法也漂亮。这两句诗无非是说，采莲女的罗裙像荷叶一样绿，采莲女的脸色像荷花一样红吧？这比喻自然也好，但是太常见了，不惊艳。诗人怎么写呢？他不写谁像谁，而是说，荷叶和罗裙是一色的，而且都是裁出来的，这其实是个逆向比喻，也是个拟人化处理，因为罗裙是裁剪出来的，荷叶怎么可能是裁剪出来的呢？但是，诗人就这么说，"荷叶罗裙一色裁"，这就新鲜了吧？"芙蓉向脸两边开"也是如此，他不说采莲女的脸色像荷花，而是说芙蓉，也就是荷花，都在向着采莲女的脸庞开放。这不还是逆向比喻、拟人化处理吗？荷花荷叶都有了生命，都在向采莲女靠拢，都在和采莲女呼应，这样一来，我们就明白了，别看这两句写的是荷叶荷花，谁才是诗的真正主角呀？不是荷塘的风景，而是采莲的姑娘。

把这两句联成一体，其实和梁元帝所说的"莲花乱脸色，荷叶杂衣香"非常相似。但是，梁元帝是白描，王昌龄是映衬，这样一来，可就灵动多了。咱们仿佛都能看到，在那一片绿荷红莲之中，采莲女的绿罗裙已经融入田田荷叶之中，分不清孰为荷叶，孰为罗裙；采莲女的脸庞呢，也与娇艳的荷花相互映照，人花难辨。这些采莲女子简直就是荷塘的一部分，就是荷花仙子。

前两句诗虽然也有"裁""开"这样的动词，但是，总的说来，场景还是偏于宁静优美。下两句可不一样，它一下子就动起来了。"乱入池中看不见，闻歌始觉有人来。"什么是乱入？所谓乱入，不是乱七八糟地进入，而是杂入、混入。这句"乱入池中看不见"，其实描述的就是诗人一恍惚之间的感受。前面两句不是已经说过了吗？荷叶罗裙、芙蓉人面，本来就恍若一体，难以分辨，诗人此前大概一直在凝视吧？此刻稍一恍惚，采莲少女仿佛都不见了，她们已经深入藕花深处，融入绿荷红莲之中，化为了绿荷红莲的一部分。是耶？非耶？亦真亦幻，这是多么美好的"看花眼"呀。然而，正当诗人翘首凝望，却又望不见、分不清的时候，莲塘中忽然传来了一阵清亮甜润的菱歌声，他才又恍然大悟，这群"看不见"的采莲女仍在这田田荷叶、艳艳荷花之中，她们的歌声近了，她们就要过来了。这是一种怎样的场景呢？人本来都不见了，忽然闻歌，方知有人。人在哪里呢？其实还掩映在荷叶莲花之中，诗人仍然没有真的看见她们的身姿！说见却又不见，说不见却又听见，这多有趣，又多青春洋溢呀！莲花盛开，莲女高唱，诗人呢？他就站在岸上，看着，听着，思慕着。那采莲女有没有管他？才没有管。她们大概根本不知道诗人的存在，就那么自自在在地劳动着，也欢乐着。是不是有点"多情却被无情恼"的感觉？好像有一点儿，又好像没有。这才留下悠然不尽的情味，才符合《采莲曲》歌唱自然美、歌唱女性美、歌唱动态美，也歌唱青春美的主旋律。

李白《采莲曲》

王昌龄和李白是好朋友。王昌龄擅长七绝，李白也擅长七绝。王昌龄写《采莲曲》，李白也写《采莲曲》。王昌龄的采莲女是"无情"的，她们采自己的莲，唱自己的歌，她们连面都不露一下，她们才不管岸上的人。李白的采莲女又如何呢？

乐

采 莲 曲

李白

若耶溪傍采莲女，笑隔荷花共人语。

日照新妆水底明，风飘香袂空中举。

岸上谁家游冶郎，三三五五映垂杨。

紫骝嘶入落花去，见此踟蹰空断肠。

若耶溪：在今浙江绍兴市南。

袂：衣袖。

游冶郎：出游寻乐的青年男子。

紫骝：毛色枣红的良马。

　　"若耶溪傍采莲女，笑隔荷花共人语。"之前说过，若耶溪在绍兴，那是当年西子浣纱的地方，因此，也是出美女的地方。在采莲女之前冠上若耶溪的名头，不是说采莲女当真就在若耶溪，而是好比现在的北京，说板栗必称怀柔，说大桃必称平谷一样，算是一种品牌效应。采莲女本身就是美的，在前面加上"若耶溪傍"四个字，就会让人产生一种宛若西施的联想，显得更美。问题是，再美的美女，如果只有容貌，没有表情，没有性情，也只是个冷美人，或者说，是个纸糊的灯人儿，不会让人真正产生爱怜之心。怎么把这美如西子的采莲女写活呢？下一句："笑隔荷花共人语"。这句话真是风流婉转、摇曳多姿。采莲女可不是深闺之中不苟言笑的贵族小姐，她们一边劳动，一边还攀着荷茎，隔着荷花，和伙伴们聊天嬉笑呢。又有表情，又有动作，还有心情，一下子，采莲女就活了。这就好比《诗经·硕人》篇讲庄姜之美一样。庄姜"手如柔荑，肤如凝脂，领如蝤蛴，齿如瓠犀，螓首蛾眉"，用了那么多比喻来形容她的美，我们印象深不深呢？也未必那么深。可是接下来两句："巧笑倩兮，美目盼兮。"这个美女马上就顾盼生辉了。李白这句"笑隔荷花共人语"其实就是平民版本的"巧笑倩兮，美目盼兮"，一笑一语，采莲女的天真娇俏已经跃然纸上了。

　　下两句："日照新妆水底明，风飘香袂空中举。"这两句，真是明艳。

明艳在哪里呢？上一句讲"水底明"，下一句讲"空中举"，一个是静态，一个是动态；一个是水下，一个是天上。天和水之间就是明艳的采莲女。采莲女的新妆被高高的太阳照着，一直映到清清的水底；采莲女混合着脂粉香与荷花香的衣袂被风吹着，一直飘到天上去。可以想象，新妆照水，这采莲女多美呀；香袂轻扬，这采莲女的衣服多轻呀。夏日午间，薄纱轻笼的美人，本来应该比较香艳吧？可这些采莲女一点儿不让人觉得香艳，相反，她们是那么清纯。

为什么？因为她们不在闺房里，而是在自然中，在天与水的中间，她们就是天和水的中心。她们被太阳爱着，被清风宠着，她们和水一样清亮透明，她们和风一样自由潇洒。绮而不艳，风流神秀，这就是李白的本事，也是只有李白才能轻轻松松就达到的境界。可能有人会说，采莲女毕竟是劳动者，又是新妆，又是香袂，这哪是劳动人民的样子呀？没错，这正是李白的特点。李白是个不可救药的浪漫主义者，他写任何人，一向是审美第一。比如《宿五松山下荀媪家》，一个农村老妇给他盛一碗白米饭，也要写成"跪进雕胡饭，月光明素盘"；再比如，征夫的妻子给丈夫做寒衣，也要写成"素手抽针冷，那堪把剪刀"。这是真实的生活吗？当然不是。但这就是中国语言的美感，没有一丝寒酸气。这其实跟京剧里所谓的"俊扮"是一个道理，明明唱着"小尼姑年方二八，正青春被师父削去了头发"，可一亮相，还是满头青丝，配一件水田衣。这不是别的，就是追求美。爱美，不是人类的天性吗！

四句诗下来，采莲女的美已经写到极致了，接下来怎么写呢？"岸上谁家游冶郎，三三五五映垂杨。"从采莲女的美写到少年的反应了。采莲女子那么美貌，那么娇俏，岸上的小伙子怎能不动心呢？他们三三五五，隐藏在柳荫背后，假装乘凉，其实都在偷看着采莲女。用少年的反应来映衬采莲女的美貌，这是《陌上桑》里秦罗敷的写法了："行者见罗敷，下担捋髭须。少年见罗敷，脱帽著帩头。耕者忘其犁，锄者忘其锄。来归相怨怒，但坐观罗敷。"无论是老人还是少年，无论是耕者还是锄者，都被秦罗敷的美深深打动，忘乎所以了。"岸上谁家游冶郎"也是一样啊，他们在垂杨下徘徊不去，不是为了采莲女，还能为了谁？只不过《陌上桑》写得直白，有点喜剧色彩；而《采莲曲》则写得委婉含蓄，更有青春气息。可是，正因为这委婉含蓄，少男少女那种青涩的、遮遮掩掩的感情才活灵活现地展现了出来。

在王昌龄的《采莲曲》里，采莲女知不知道诗人的存在？结论是很可能不知道，他们之间隔着密密麻麻的荷叶荷花，采莲女自由欢唱，诗人却有点儿自作多情。李白这首《采莲曲》里，采莲女知道不知道岸上游冶郎的存在？我猜是知道的，正因为知道，她们才娇声悄语，才衣袂轻挥，说白了，这里有点儿小心思，有点儿小挑逗，而小伙子呢？反倒显得更害羞一些，故意装出一副不在意的样子，但其实又舍不得离去。这是多么美好的青春画卷呀！

姑娘偷偷地把握着节奏，小伙子傻傻地被带着走。接下来呢？诗人自己出场了："紫骝嘶入落花去，见此踟蹰空断肠。"诗人在哪里？他本来在更远的岸上，看着这溪水中的采莲女、柳荫下的游冶郎，心生感慨，年轻多好啊，真想加入年轻人的行列呀。正在这时，紫骝马一路撒欢儿，跑过了岸边的芳草地，草地上的野花纷纷飘落。这真的只是紫骝马和落花吗？不是吧，紫骝马还暗示着时光飞逝，落花则象征着青春难再。这紫骝马是谁的？是诗人的，还是少年的？其实并不重要，重要的是，紫骝马的一声长嘶唤醒了诗人，你的青春已经远去了，你已经不能再分享这岸上池中的欢乐了，不忍离去，又不能分享，这就是"对此踟蹰空断肠"！

如此说来，这首诗的情调有点消极了？也不尽然。正因为青春如此美好，诗人才会感慨青春易逝；也正因为青春易逝，才让人觉得青春如此美好。诗人的一声叹息，其实反倒加深了我们之前的美好印象，这也是"劝君莫惜金缕衣，劝君惜取少年时"呀。

白居易《采莲曲》

同样都写《采莲曲》，王昌龄笔下的采莲女是自在的，她们"闻歌始觉有人来"；李白笔下的采莲女是娇俏的，她们"笑隔荷花共人语"。唐朝还有一位重量级诗人白居易，也写过一首《采莲曲》。他笔下的采莲女，又是如何呢？

乐

采 莲 曲

白居易

菱叶萦波荷飐风，荷花深处小船通。

逢郎欲语低头笑，碧玉搔头落水中。

萦（yíng）：萦回，旋转，缭绕。飐（zhǎn）：摇曳。
搔头：簪之别名。碧玉搔头：碧玉簪，简称玉搔头。

在唐代的重量级诗人里，白居易称得上是心思细腻、眼光平实，生活化的程度最高。因此，他写名山大川虽不见得最好，但是，写日常生活、写女性却是最出色的，塑造了好多经典的女性形象。比如"春寒赐浴华清池，温泉水滑洗凝脂"的杨贵妃，"低眉信手续续弹，说尽心中无限事"的琵琶女，还有"妾弄青梅凭短墙，君骑白马傍垂杨"的痴情私奔女，乃至"母别子，子别母，白日无光哭声苦"的糟糠弃妇，他都能体贴入微，写出这些人的一颦一笑、所想所思。这首《采莲曲》又怎样呢？

先看前两句："菱叶萦波荷飐风，荷花深处小船通。"菱与荷都是水生植物，但是无论习性还是形态都不一样。清朝人阮元写"深处种菱浅种稻，不深不浅种荷花"，就是说菱与荷习性不同。其实，两者之间更直观的区别是形态不同。菱叶是贴在水面上的，而荷叶则被荷茎高高地举起来。为什么要说这些呢？因为白居易第一句"菱叶萦波荷飐风"描述的正是这两种植物在荷塘中高低错落的样子。夏日的荷塘里，浮水的菱叶，亭亭的荷叶，一片上上下下、深深浅浅的绿色，非常有层次感，写得不错吧？是不错，可更好的地方不在这里，而在于画中景物的动态感。一阵清风徐来，水面起了波纹，菱叶不是浮在水面上吗？水波遇到菱叶，自然形成涟漪；菱叶遇到水波，当然漂漂荡荡。这就是菱叶萦波。那荷飐风呢？荷茎那么细，荷叶又那么大，即使是无风的时候，都有几分袅娜吧？若是清风徐来，当然更是袅袅婷婷、摇曳随风。这就是"菱叶萦波荷飐风"，这是一幅多么美好的动态画面呀！可是，一片池塘，光有绿叶岂不单调？

下一句："荷花深处小船通"。这就是从叶写到花了。就在这一片绿色之上，粉白粉红的荷花盛开了。这荷花是一支两支吗？当然不是，一句"荷花深处"，让我们有了一个纵深感，好大一片荷塘，满池荷花竞放。忽然，这密密匝匝的荷叶荷花之间有了空隙，原来是小船划过，让我们知道，这荷塘里还有人在活动呢。回想一下，"菱叶萦波荷飐风，荷花深处小船通"，先是一个广角镜头，让我们看整个荷塘；再找一个焦点，小船出现，由景到人了。接着呢？

后两句："逢郎欲语低头笑，碧玉搔头落水中。"这两句，真是神来之笔。荷花深处，是只有一条船吗？不是。是很多船吗？也不是。是不多不少，两条小船相遇了，一条船上是我们的主人公采莲女，另一条船上呢？居然是采莲女日思夜想的心上人。这多巧呀！看到对面船上的小伙子，采莲女的眼睛都亮了，想要说话，却又咽了回去，怎么办呢？她把头低下去，羞涩地笑了。这是多么温柔含蓄、羞涩淳朴，多么中国化的场景呀！可能有人会说，本书开头，崔颢的《长干行》不是同样写年轻姑娘吗？"君家何处住，妾住在横塘。停船暂借问，或恐是同乡。"

那个年轻姑娘可没这么害羞，她会直截了当地和小伙子搭话。没错，那可是在长江上讨生活的船家女呀，江水浩荡，客人南来北往，船家女识广见多，自然性格会更开放、更自由。可是，这采莲女却不一样。她的家，就在荷塘周围，她的父亲哥哥都是种田人，她是那种最经典的江南水乡女子，既有着水乡人的灵秀温柔，又有着农家女的淳朴娇羞。

她让我想起一首现在还在传唱的宁夏花儿："山上的桃杏花红了，喜鹊登枝着叫了，路头路尾地相见了，小嘴一抿着笑了。"你看，一个北方一个南方，一个山上一个水里，两个时间相差了一千多年，空间相差了好几千里的姑娘，却都这么"逢郎欲语低头笑"，这就是中国文化最美的传承。推而广之，这样含蓄内敛的文化仅仅属于中国吗？又不是，当年徐志摩写日本女郎，不也说"最是那一低头的温柔，像一朵水莲花不胜凉风的娇羞"吗？或者应该说，这就是所谓的东方神韵吧。

可是，到这里还没有完，最精彩的一笔还在后头呢。采莲少女不是"逢郎欲语低头笑"吗？她这一低头不要紧，一个小意外发生了："碧玉搔头落水中"，她头上的碧玉簪掉到水里了！这"碧玉搔头落水中"是不是像极了电影里的特写镜头？看似寻常，但却把少女的激动、少女的慌乱表现得活灵活现、淋漓尽致。而且，这句话结束了，这个故事可没有结束呀。采莲女的碧玉搔头落在水里了，对面划船的小伙子会怎么办？他会一个猛子扎进水里，替采莲女找回来吗？若是找回来了，这采莲女还说不说话呢？找到了碧玉簪子，小伙子又会怎样给她呢？是憨厚地直接递给她，还是偏偏攥在手里，寻找下一次见面的机会呢？白居易什么也没写，我们就尽情联想吧。有没有人想到京剧《拾玉镯》？或者，有没有人想到《红楼梦》里，被贾宝玉的丫头小红丢掉，又被贾芸捡起的手帕？无论如何，这后头一定会有故事吧，而且，这故事单是想想，就觉得那么美好。把这两句诗连起来，再仔细回味一下："逢郎欲语低头笑，碧玉搔头落水中"，先是一个可巧遇到，再是一个意外落水，是不是让人仿佛看到了采莲女羞红的笑脸，甚至听到了玉搔头掉进水里的响声？爱情的主题在这里表达得如此干净，而又如此细腻，让人如见其人、如闻其声，而又余音袅袅，三日不绝。白居易在唐朝号称"诗魔"，他的能耐，可不只是"一篇长恨有风情"，能够在日常生活中发现美，并且用最精练的七言绝句表现出来，这才是他最大的魔力呀。

三首《采莲曲》放在一起比，若论莲塘风景写得漂亮，自然是"荷叶罗裙一色裁，芙蓉向脸两边开"的王昌龄；若论采莲女子写得漂亮，自然是"日照新妆水底明，风飘香袂空中举"的李白；但是，若论采莲女的神态心理写得漂亮，那他们两个就都不敌白居易的"逢郎欲语低头笑，碧玉搔头落水中"了。

鸟偷飞处衔将火，人摘争时踏破珠。

怨

怨

　　怨这个字，本来的意思是仇恨，比如"外举不避仇"又可以说"外举不避怨"，是一种很强烈的感情。但是，后世诗词中用到怨字，却把情绪大大地弱化下来，变成了暗暗的不满和嗔怪，带着强烈的女性气息。所以，在唐代的怨诗中出场的，倒有多半是含愁的妇人，那么蕴藉，那么婉约，我见犹怜。可是，千万别忘了，这含愁带怨的小妇人背后，是那些千载不磨的大追求：团圆，钟情，公正。怨是值得珍惜的，千万别让它变成怒火，更别让它变成灰心。

（不归）

李白《春思》

怨真是一种微妙的心理。它的本质是爱，爱到心里发痛了，不免"别有幽愁暗恨生"，这幽微的愁、暗暗的恨就是怨吧？可是，再怎么怨，也脱不了爱的底子，让人生出无限怜惜。

春 思
李白

燕草如碧丝，秦桑低绿枝。

当君怀归日，是妾断肠时。

春风不相识，何事入罗帏。

燕草：指燕地的草。燕，河北省北部一带，此泛指北部边地，征夫所在之处。

秦桑：秦地的桑树。秦，指陕西省一带，此指思妇所在之地。燕地寒冷，草木迟生于较暖的秦地。

罗帏：丝织的帘帐。

怨

　　这是替谁在说话？替一个思妇。所谓思妇，就是丈夫外出，独自在家的妇女。中国古代男主外女主内，丈夫在外面或者服役，或者经商，或者求学，或者做官，妻子在家留守，纺纱织布，操持家务。于是，游子思乡，怨女思夫，都是诗歌永恒的主题。现存最早的思妇诗，应该算是《诗经·国风》的《君子于役》："君子于役，不知其期，曷至哉？鸡栖于埘，日之夕矣，羊牛下来。君子于役，如之何勿思！"

　　这个思妇的丈夫去给国家服兵役了，不知什么时候才能回来。留在家中的妻子最思念丈夫的时候，就是薄暮冥冥、炊烟袅袅的时候。那时候，鸡都上架了，牛和羊都从山坡上走下来，在外面劳作一天的男子汉们也都回家吃晚饭了，可是，我的丈夫啊，什么时候才会回来呢？这首诗写得淳朴自然，感人至深，是《诗经》中的精品。

　　先秦是思妇诗的一个高峰，第二个高峰，就是唐朝了。唐朝的疆域辽阔，需要男子戍守；唐朝的水陆畅通，吸引男子经商；唐朝还实行科举，让文弱的书生也出去求学考试。有多少远行的丈夫，就有多少相思的妻子。谁替她们说话呢？大诗人李白有一颗博爱的心。他不光替自己说话，写"天生我材必有用"；也替弱女子说话，写情真意切的思妇诗。

　　这首《春思》好在哪里呢？它美丽、温柔而坚定。为什么这么说？先看前两句："燕草如碧丝，秦桑低绿枝。"燕地的春草才露出头来，还像丝绒一样柔软纤细，而三秦的桑树早已郁郁葱葱，浓绿的叶子把青青的树枝都压弯了。诗人一开口，就是一幅两地春光的对比图。诗中的燕和秦，大体相当于今天的北京和西安。关中纬度低，地气暖，阳春三月，早就是绿遍山原白满川了，而塞北苦寒，同样的时间，燕地还是草色遥看近却无呢。

这幅春色对比图是怎么来的呢？是思妇眼睛看到的和心里想到的组合。这个思妇人在哪里？她在秦地，在长安，眼看着春色撩人，作为少妇的她，当然会想踏青赏花吧？可是，那个本应陪她共享春光的丈夫却不在身边。这个时候，她不由自主地思念起丈夫来了。她的丈夫在哪里呢？在燕地。在李白的时代，那可是唐朝的东北边疆。她的丈夫还在千里之外的燕地戍守边疆呢。少妇的心飞到丈夫身边，仿佛也看到了丈夫身处的环境，这样一来，诗的首联已经脱口而出了："燕草如碧丝，秦桑低绿枝。"

这句话美不美？太美了。什么美？首先是颜色美，别看写的都是绿色，但是，春草的嫩绿和桑叶的碧绿这两种绿色是不同的，搭配在一起，就会形成深浅浓淡的层次感，颜色就不单调了。这和杜甫说"桃花一簇开无主，可爱深红爱浅红"是一样的道理。颜色美之外，还有什么美？其次是触感美。燕草是软的，像丝绒一样，而秦桑虽然被叶子压弯了枝条，但是，枝条毕竟是枝条，还是能够承载叶子的分量，这就是柔中带刚了。把这两种触觉搭配在一起，我们仿佛触摸到了春天的柔韧与蓬勃。触感美之外还有什么美？最后还有意象美。"燕草如碧丝"，"丝"的谐音是什么？是"思念"的"思"。"秦桑低绿枝"，"枝"的谐音是什么？是"知道"的"知"，"相知"的"知"。所以这句诗还有一个背后的意思：我思念你，你是知道的呀。

有了这样的感情做铺垫，接下来"当君怀归日，是妾断肠时"就顺理成章了。当你看到春草想到回家的时候，也正是我因思念你而愁肠百结的时候啊。明明是少妇在思念丈夫，却处处先从丈夫写起，第一句"燕草如碧丝"是这样，第二句"当君怀归日"还是这样。这就是一腔柔情，一往情深。这个少妇为什么知道丈夫也在思念家乡？因为"独有宦游人，偏惊物候新"。季节变换，游子思乡是人之常情。"王孙游兮不归，春草生兮萋萋"，少妇和丈夫既然心心相印，她当然知道，丈夫对家乡的思念，对亲人的思念一定已经和北国的春草一样，在心里疯狂滋长了吧。丈夫看春草而生归心，她本人呢？要知道，秦地此刻已经春深如海，这个少妇当然也是春愁如海了！这就是"当君怀归日，是妾断肠时"，我知道你在思念我，而我呢，早已相思成愁了！这不就相当于李清照所说的"一种相思，两处闲愁"吗？一种沉甸甸的哀怨感已经萦绕在笔端了。

你也相思，我也相思，然后呢？"春风不相识，何事入罗帏。"这句话最有意思了。面对着盎然春意，少妇的心情寂寞不寂寞？她是寂寞的。这时候，春风仿佛多情一样，掀开了罗帏，想要陪伴一下少妇。可是，春风多情人无情，少妇不需要春风的陪伴，她说："春风不相识，何事入罗帏。"这恼人的春风啊，我又不认识你，你来干什么呢？表面是春风多情人无情，其实呢，恰恰是春风无情人多情啊。是少妇在心里把春风拟人化了，你这春风，难道是在撩拨我的春思吗？我虽然多情，但也专情，我的深情，只能属于我的丈夫，你又如何能分走我的心呢？这又是何等坚定的表达啊！所以说，这首诗整体是美丽、温柔的，但同时又是坚定的。不仅有色彩美、情感美，更有精神美。

杜荀鹤《春宫怨》

（不宠）

　　爱而不得，民家有民家的哀怨，皇家有皇家的哀怨。民家的女子怨丈夫不归，皇家的女子怨天子不宠。在中国古代，有一大类诗就叫宫怨诗，专门书写宫中女子的幽怨之情，也寄托着士人不得志的无奈与悲凉。比如晚唐诗人杜荀鹤的《春宫怨》。

春 宫 怨

杜荀鹤

早被婵娟误，欲妆临镜慵。

承恩不在貌，教妾若为容。

风暖鸟声碎，日高花影重。

年年越溪女，相忆采芙蓉。

婵娟：形容姿容、形态美好。

若为容：如何去妆饰自己。《诗经·伯兮》："岂无膏沐，谁适为容？"

碎：形容鸟鸣声纷纭杂沓，非一鸟独鸣，而是数鸟共语。

越溪女：指西施浣纱时的女伴。

芙蓉：莲花。

怨

　　杜荀鹤的名气，跟李白、杜甫、王维没法比。他家世寒微，又生在晚唐乱世，一生穷困潦倒，是个悲剧性人物。他的诗通俗易懂，有点儿像元稹、白居易的风格，但是未免太过浅陋，总体评价并不太高。但是，唯有这首《春宫怨》，被称为宫怨诗之首，不输于李白、杜甫、王昌龄等一干大咖。这首诗好在哪里呢？

　　既然叫《春宫怨》，毫无疑问，这是一首宫怨诗。中国古代的皇帝，号称三宫六院七十二妃嫔，其实还不止这个数字。到底有多少呢？白居易《长恨歌》里讲"后宫佳丽三千人"，这当然是艺术夸张，但是，在某些时候，现实比这还夸张。就以唐玄宗为例，他统治后期，各个离宫别馆的妃嫔宫女总数加起来有四万人之多，这是一个何等庞大的数字呀！问题是，后宫佳丽千千万万，皇帝只有一个，雨露之恩只有那么一点儿，得宠的是少数，失宠的是多数，而且，就算此刻得宠，也难免下一刻失宠，无数宫娥青春虚度，所以宫里头总是弥漫着幽怨之情。从汉朝班婕妤的《团扇歌》开始，历朝历代的诗人作了很多宫怨诗，像我们熟悉的大诗人李白、杜甫、白居易都写过这个题材。有这么多高人在上，杜荀鹤这首《春宫怨》怎么写的呢？

　　先看首联："早被婵娟误，欲妆临镜慵。"所谓婵娟，就是貌美。中国古代讲究郎才女貌，一个女孩长得漂亮，本身就是一个巨大的优势。

想来，这个宫娥，当年一定也沾沾自喜，对未来充满浪漫幻想吧？结果呢？她因为美丽被选进了宫廷，然后就像宫廷里百分之九十九的美女一样，被忽略了，被冷藏了。试想，如果她不是那么美貌，应该就不会入宫；不会入宫，就不会被冷藏，也许就能过上幸福的生活。美本来应该是一个女孩通往幸福的利器，在她这儿，却成了导致不幸的杀器，这不就是"被婵娟误"吗？那"早被婵娟误"又作何解释呢？所谓"早"，就是很久了。这个宫娥，已经被冷落很久了，所以才会有一腔幽怨不吐不快，才会说出"早被婵娟误"这样的辛酸之言。这句话像谁？像极了苏东坡的《洗儿诗》："人皆养子望聪明，我被聪明误一生。惟愿孩儿愚且鲁，无灾无难到公卿。"一个男子的聪明，就像一个女子的美貌一样，是天然的优势。这样的人，对生活的期望值本来就比一般人要高，受到打击的时候，也会比一般人感触要深，所以才会牢骚满腹、忧愁暗生啊。一腔幽怨，怎么表现呢？下一句："欲妆临镜慵"。想要对镜理妆，却又懒得动弹了。这真是一个矛盾的状态。因为对镜晨妆，是一个美女的要好之心，越是美，就越要美，一个美女珍惜容貌，就像一个才子珍惜才华一样，本来就是一份自尊。可是这位宫娥坐在镜前想要梳妆打扮的时候，却忽然慵懒起来，不想打扮了。为什么呢？

　　看颔联："承恩不在貌，教妾若为容。"能否获得皇上的恩宠并不取决于容貌，那还让我怎么打扮呢？这一句话，真是道尽了天下怀才不遇的辛酸。本来，男子之才、女子之貌，都是来自天然，属于个人的，是谁也剥夺不了的资本，所以，古代社会，才划定了郎才女貌这个标准，让天下人去衡量，去期待。可是，现实生活哪有那么简单！有的妃子靠着傲人的家世得宠，有的妃子靠着善于巴结皇帝得宠，甚至还有的妃子，靠着厚黑学，靠着踩别人的脑袋得宠。林林总总，得宠何止一条道路！与之相比，美貌反倒成了最不重要的条件，这让一个美女情何以堪！其实，何止是这个宫娥情何以堪，古往今来的才子佳人，不是常常会有这样的感慨吗？就像杜甫《梦李白》所说的："冠盖满京华，斯人独憔悴！"那么多笨蛋都为官做宰，为什么李白这样的大诗人却憔悴飘零？

李白如此，杜甫也不例外。他的《奉赠韦左丞丈二十二韵》，劈头就说"纨袴不饿死，儒冠多误身"，这也是他怀才不遇的叹息啊。一个本来人人深信不疑的标准被践踏，当然会引起所有人的不平。所以，这个宫娥的幽怨才能穿过深宫，穿过唐朝，打动千古人心。"承恩不在貌，教妾若为容"这两句诗一出，这首《春宫怨》和其他宫怨诗的距离也就一下子拉开了。其他的宫怨诗都怎么写？比如王昌龄的《长信秋词》吧："玉颜不及寒鸦色，犹带昭阳日影来。"我美丽的容貌还不如一只乌鸦，乌鸦从昭阳殿飞过，还能沾点太阳的光辉，而我呢，却早被皇帝遗忘了！

只讲事实，不讲原因，写得怨而不怒，这是宫怨诗的本色。但杜荀鹤这一首不一样，这里不仅有幽怨，更有激愤，有不平，它没有一般宫怨诗那么含蓄蕴藉，但是更有直面人生的力量。

律诗讲究起承转合，由"早被婵娟误"起，以"承恩不在貌"承，颈联该转了。转到哪里呢？诗人宕开一笔，由室内转到室外，由人转到风景了。"风暖鸟声碎，日高花影重。"这一联写得漂亮。怎么翻译呢？如果只是说春风送暖，鸟声细碎，艳阳高照，花影重叠，虽然没错，但却找不到那种感觉。

什么叫碎？所谓碎，就是又轻又多，叽叽喳喳，洋溢着生命的喜悦。什么叫重？就是一层又一层，又繁又密，充满着生命的蓬勃。这是一年之中最好的时候，春光明媚，所有的鸟都来了，所有的花都开了；这又是一天之中最好的时候，接近中午，风暖日高，颜色的饱和度也最高。整个画面有声有像，光影交错，真是绮丽。

可是问题来了，我们不是一直说"一切景语皆情语"吗？写宫怨，怎么忽然插入这么一幅春光图？这其实是诗的另一个写法，叫以乐景写哀情。试想一下，当这幅春光图徐徐展开的时候，宫娥在哪里？她还没梳洗完，她还在屋子里，一重重帘子把她和世界隔开了。她能听见鸟叫，但看不见小鸟；她能看到花的影子，但她看不到花朵。这春光跟她是隔着的。外面是亮的，屋里是暗的；外面是暖的，屋里是冷的；外面是热闹的，屋里是寂寞的，活泼明媚的春光更映衬出她内心的冰冷寂寞；外面已经红日当头，屋里居然还晨妆未毕，这宫娥的心，再也跟不上春天了！这就叫以乐景写哀情。这一联诗，历来都说好，好到什么程度？唐宋时期的谚语说："杜诗三百首，惟在一联中，'风暖鸟声碎，日高花影重'是也。"

颔联深刻，颈联绮丽，尾联怎么收呢？"年年越溪女，相忆采芙蓉。"所谓越溪，是传说中西施浣纱之处。当年西施和女伴一起浣纱，因为美貌被越王勾践看中，送入吴宫实施美人计，从此过上了和其他越溪女完全不同的生活。宫娥是在自比西施呀。为什么她会想到西施呢？这正是从颈联生发出来的合理联想啊。在颈联里，寂寞的宫娥隔着帘子，看到门外明媚的春光，这个时候，她的思绪忽然飘荡开去，飘荡到如诗如画的少女时代了。那个时候，她还没有入宫，还和伙伴们一起采莲。"荷叶罗裙一色裁，芙蓉向脸两边开。"那个时候，她和春光还没有隔绝，她和欢乐还没有隔绝，那样的生活多么美好，如今的她怎么可能不怀念、不追忆呢！所谓"年年越溪女，相忆采芙蓉"不正呼应了开头的"早被婵娟误"吗？

可是，话又说回来，宫娥既然那么美，她当年真的甘心当一个采莲人吗？未必吧？这就像一个失意的才子说自己向往耕读渔樵的生活一样，回到当年，他真的会选择做一个打鱼人吗？也未必吧。事实上，当年宫娥上车离去的时候，不也真诚地享受过她那些采莲小姐妹的羡慕吗？

　　个人觉得，这种矛盾，才是真正的"早被婵娟误"。一个人有貌也罢，有才也罢，都不甘寂寞，都想施展。可是，现实世界的法则太复杂，才子佳人们又太理想主义，所以往往会碰得头破血流，以失意收场。这样看来，这首诗不仅道出了宫里的冷漠与不公，宫娥的幽怨与不平，更道出了才子佳人的千古悲哀，这才是杜荀鹤作为才子的本色，也是这首诗最打动人心的地方吧。

寒梅最堪恨，长作去年花。

刘禹锡《和乐天春词》

　　我常常想，那一个个幽闭在深宫里的宫娥，最平常也最持久的感觉是什么呢？大概未必是"承恩不在貌"的不平，而是深深的寂寞吧？宫里是无事可做的，理了晨妆，又卸晚妆；喂了八哥，又教鹦鹉。这花朵一般的生命，要怎样才能一点点消磨掉呢？消磨的时候，又有谁知道？

怨

和乐天春词

刘禹锡

新妆宜面下朱楼，深锁春光一院愁。

行到中庭数花朵，蜻蜓飞上玉搔头。

春词：春怨之词。"春词"为白居易原诗题目。

宜面：脂粉涂抹得与容颜相宜，给人一种匀称和谐的美感。

朱楼：髹以红漆的楼房，多指富贵女子的居所。

刘禹锡号称诗豪。性格潇洒，人生豪迈。本来是少年得志，21岁进士及第，33岁受知于唐顺宗，参与"永贞革新"，打算在政治上大展宏图，没想到顺宗因病被逼下台，刘禹锡他们这些革新派也被贬官重责，从此半生蹭蹬，辗转于各种穷山恶水之间，长达23年。经历这样的磨难，很多人会一蹶不振，但刘禹锡却越挫越奋，最经典的例子莫过于那两首玄都观桃花诗，前一首是"玄都观里桃千树，尽是刘郎去后栽"，后一首是"种桃道士归何处，前度刘郎今又来"。两首诗前后相隔14年，再加上之前贬官的9年多，用23年的人生书写了大大的三个字"不服气"，这倔强，这傲岸，真是无人能及。但是，不服气得靠本事。什么本事？

刘禹锡和柳宗元合称"刘柳"，和白居易合称"刘白"，又和韦应物、白居易合称"三杰"。可以说，中唐的诗歌，缺少了刘禹锡，就缺少了一些最基本的色彩。刘禹锡的诗到底好在哪里？看这首《和乐天春词》就知道了。

先说题目。《和乐天春词》，乐天就是白乐天，也就是白居易。白居易先写了一首《春词》，写的是春天里失意女子的哀愁。刘禹锡跟白居易是好朋友，就和了一首，因此叫《和乐天春词》。但是，这首和诗写得比原诗还好，所以《唐诗三百首》里没选原诗，倒是把这首和诗收录了进来。这首诗为什么好呢？

怨

看第一句："新妆宜面下朱楼"。所谓朱楼就是红楼，是富贵人家女子住的地方，曹雪芹写《红楼梦》，用的也是这个意象。新妆宜面呢？是说这女子调朱弄粉，刚刚打扮好了。而且，她这打扮不是浓妆艳抹，更不是胡乱涂抹，而是恰到好处，锦上添花。一个美女，脂粉轻匀，莲步姗姗，走下小红楼，这景象美不美？当然美。这美女的心情好不好？应该也不错，否则不就无心打扮了吗？这样看来，起首的一句，美女、新妆、朱楼，真是春意十足，让人心生喜悦。

那下一句呢？"深锁春光一院愁"。楼下的院子里，也真是春色宜人。虽然作者什么都没有写，但是，"春光一院"这样的说法，已经让我们自动脑补了花团锦簇、燕舞莺歌。遗憾的是，这个院子大门紧闭，满园的春色都被锁了起来，这样盎然的春意却无人欣赏。刚刚走下楼来的女主人一定也会触景生情吧？所谓"女为悦己者容"，她既然新妆宜面，自然希望有人看到，有人赞叹，有人喜爱，可是庭院深深，能看见她的只有花，能看见花的只有她，青春寂寞，韶光虚度，生命没有了着落，美丽也没有了意义，此情此景，让本来兴致勃勃的美人转喜为愁了，这就是"深锁春光一院愁"。两句话，一喜一悲，而且是从喜到悲，美人的形象已经很有张力了，那接下来呢？

下一句："行到中庭数花朵"。美人本来就是因为楼上寂寞，才要下楼散心解闷，领略春光，可是没想到，举杯消愁愁更愁，这满园的春光非但未能帮她排遣寂寞，反倒惹起了她更深的感慨，让她更加愁绪满怀了。怎么办呢？回到楼上去？刚才不就是忍受不了楼上的寂寞才下来的吗？继续在楼下徘徊？触景生情，岂不更加烦恼。百无聊赖之际，这美人随手拨弄起了身旁的花朵。这动作是有心的吗？当然未必有心，可能只是打发时间。但你说她是无心吗？又不全是无心。为什么？因为所谓数花朵，就是看看花朵还剩下多少，引申开来，也就是看看自己的青春还剩下多少，一朵朵地数过去，大概就相当于一年年地算下来，一片惜春伤春之心，一段自恋自怜之意，两相交织，真有点儿黛玉葬花的情调了吧。然后呢？

然后真是神来一笔："蜻蜓飞上玉搔头"。所谓玉搔头，就是玉簪。蜻蜓为什么要飞上玉搔头？第一，因为静。春光寂寞，美人伫立，蜻蜓无人打扰，才会放心落下；第二，因为美。人面桃花相映红，一片花光衣影中，连蜻蜓都分不出来哪个是花，哪个是人，才会落在人的头上。可是，也正是因为蜻蜓这一落，一段大寂寞就出来了，这么美的花、这么美的人，连无知的蜻蜓都会被吸引，怎么人反倒不去陪伴、不知怜惜？蜻蜓有情，正反衬出人的无情，这不正是女主人公真正的愁闷所在吗？

说到这里，还要讲讲玉搔头的典故。玉簪为什么会叫玉搔头呢？这里有一段故事。根据《西京杂记》记载："武帝过李夫人，就取玉簪搔头。自此后宫人搔头皆用玉，玉价倍贵焉。"所谓李夫人，就是"北方有佳人，绝世而独立。一顾倾人城，再顾倾人国"那位美女。汉武帝虽然后宫佳丽众多，但是最宠爱李夫人，常常到她那里去。有一次，汉武帝在李夫人那里忽然觉得头痒，就随手拔下李夫人的玉簪，搔起痒来。当然，玉簪一拔下，李夫人一头秀发霎时如乌云散乱，更助春情。这样一来，宫里的妃嫔自以为发现了得宠的秘方，纷纷效仿，都去打造玉簪，一时间，连京城的玉价都给炒了起来，涨了一倍的价钱。从此之后，玉簪也就有了玉搔头的别名。

这样说来，刘禹锡为什么不写蜻蜓落在别的地方，偏偏要写蜻蜓飞上玉搔头啊？因为玉搔头代表着宠幸，代表着恩爱，可是呢，诗中的女子恰恰无人爱怜，只有"蜻蜓飞上玉搔头"。用这么一句诗作结，整首诗显得那么婉转含蓄，而又回味无穷。这里没有争宠的不平，甚至也没有得宠的盼望，只是那么寂寞地美丽着，让蜻蜓飞上玉搔头。

李白《玉阶怨》

　　杜荀鹤的宫怨诗不平，刘禹锡的宫怨诗寂寞。李白也写宫怨诗，跟前两首相比，他的宫怨诗最剔透、最唯美，而且还多了一分对理想的追求。

玉 阶 怨
李白

玉阶生白露，夜久侵罗袜。

却下水晶帘，玲珑望秋月。

玉阶怨：乐府古题，是专写"官怨"的曲题。

罗袜：丝织的袜子。

却下：回房放下。

玲珑：透明貌。玲珑，一作"聆胧"。

　　《玉阶怨》是乐府旧题。当年，班婕妤失宠于汉成帝，退居长信宫，作《自悼赋》，里头有一句话，是"华殿尘兮玉阶苔"，华殿落满尘土，玉阶生出青苔，以华贵衬冷清，一种寂寞之感油然而生。后来，《玉阶怨》就成了一个乐府诗题，专门写宫怨。李白之前，南朝的虞炎、谢朓都写过这个题目。那李白怎么写的呢？

　　先看前两句："玉阶生白露，夜久侵罗袜。"所谓"玉阶"，自然是玉石砌成的台阶。台阶都用玉石砌成，当然华贵，也暗示了主人公的身份。可是，玉石又是凉的，"玉阶"一词，自带寒意。其实，何止玉阶，白露也是一样啊。露水本身就意味着秋凉，前面再加一个"白"字，更有如霜之感，暗示了主人公的处境和心情。"玉阶"和"白露"这两个名词之间的动词"生"又如何理解呢？所谓生，就是渐渐地形成，渐渐地浮现。薄暮时分，天气转凉，空中的水汽沉降下来，遇到清冷的玉阶，形成细小的水珠；随着天色越来越晚，天气越来越凉，水珠也越聚越多，越聚越大，这就是"玉阶生白露"。一个"生"字，包含了多么漫长的时间，又包含了多么微妙的感情！露水明明是降在玉阶上，诗人却说"玉阶生白露"，这个"生"字，真是一语双关。秋夜的时光就这样一点点流逝，秋夜的凉气就这样一点点加深，玉阶生出了白露，内心也生出了寂寞，此情此景，真是"别是一番滋味在心头"！

　　一句"玉阶生白露"，由景即情，亦景亦情，也顺理成章地带出了下一句诗："夜久侵罗袜"。这清冷的玉阶之上，有个人一直在徘徊，从薄暮到入夜，白露一点点滋生，一点点打湿了她的罗袜。"罗袜"这个词一出现，我们就知道了，这主人公是个美人。为什么？因为中国古代写美人，不见得要事无巨细，从头到脚地细细描摹，他往往只用一个动作、一个物件就把美女的神韵写出来了。当年，曹子建《洛神赋》中，一句"凌波微步，罗袜生尘"，洛神姗姗的步态、缥缈的风神立刻跃然纸上。李白这首诗也是如此。罗袜是华贵的，以此来映衬美人的高贵；罗袜又是单薄的，以此来映衬美人的柔弱，一个如此高贵而又如此柔弱的美人，却在这秋凉之夜久久徘徊在清露团团的玉阶之上，是不是让人顿生怜惜之情？可是，白露却并不怜惜，还是"夜久侵罗袜"，岂不令人感叹！这个"侵"字，和刚刚说过的"生"字一样微妙。露水侵袭着美人的罗袜，幽怨也侵蚀着美人的内心，这点点滴滴的蚕食感随着夜色的加深而逐步加强，一种由外到内的寒意也油然而生。美人的罗袜渐渐湿了，美人的心也渐渐凉了，接下去，她打算怎么办呢？

　　看下两句："却下水晶帘，玲珑望秋月。"所谓"却"，在这里不是语意转折，而是回身的意思。美人不堪秋凉，转身回到房间，放下了水晶帘。这一回身，是不是有一种断舍离的感觉？她已经等待太久，她已经不堪秋凉，她不愿再徘徊，也不愿再等待了。所以，她不仅要回身，还要放下帘子。这难道不是了断之意吗？可是，这隔断内外的帘子却是水晶制成，而水晶，是何等玲珑剔透啊。它并没有真的隔断内外，一轮秋月穿透珠帘，洒下清辉，而美人呢，也并未入眠，而是隔着珠帘，痴痴地望着那轮玲珑的秋月。为什么望月？在中国古代的文学意象里，望月和怀人总是连在一起，眼中所望，就是心中所望。美人既然望月，就说明她并未真的放下苦苦等待的那个人，因此，所谓"却下水晶帘"也就不是真的放下，而是"才下眉头，又上心头"，这是何等细腻的情感啊。一首小诗，前两句写美人在外面等，后两句写美人在屋里望，等也罢，望也罢，那人终究没来，这里有没有怨？当然有，可是，诗人却一个怨字也没有写；不过，尽管诗人一个怨字都没有写，我们也能体会到美人那欲罢不能的幽怨。这就是所谓的"不怨之怨"，写得既含蓄又玲珑，真是"不着一字，尽得风流"。再想一步，美人的心里，真的只有幽怨吗？又不尽然。因为这首诗结在了"玲珑望秋月"上，怨是怨的，可望还是要望，这里到底有几分幽怨、几分不舍，又有几分执着呢？真是余音袅袅，回味悠长。

　　一句句分析还不够。整体说来，这首诗还有三大好处。第一，它美；第二，它韵；第三，它飘。

先说美。我们一直说，李白有贵族气，他写的诗，愁也美，醉也美，怨也美，无一不美。写愁，是"日色欲尽花含烟，月明如素愁不眠"；写醉，是"兰陵美酒郁金香，玉碗盛来琥珀光"；写怨，则是"玉阶生白露，夜久侵罗袜。却下水晶帘，玲珑望秋月"，玉阶也罢、白露也罢、水晶帘也罢、秋月也罢，都是何等清洁、何等通透、何等尊贵！一种冰清玉洁的美感油然而生。为什么一定要写得这么美呢？因为美不仅仅是一些辞藻、一些意象，它更是一种精神追求。既然衬托女主人公的意象都如此纯净剔透，女主人公自然也就没有一丝烟火气；女主人公既然没有一丝烟火气，那么，她所期待的对象也就皎洁高尚起来，宛如秋月一样明净。是不是整首诗的精神都升华了？

再说韵。所谓韵就是含蓄，耐人寻味。这首诗没有一个字写美，但你自然觉得美；没有一个字写寒，但你自然觉得寒；没有一个字写怨，但你自然觉得怨。这就是所谓的"此时无声胜有声"，是含蓄蕴藉。为什么又说这首诗耐人寻味？这就涉及对诗的理解了。诗的主人公是谁？她在望谁？又在怨谁？按照诗题来考虑，这主人公当然是一位失宠的宫娥，她望的和怨的，也当然都是皇帝。但是，女主人公真的只是一个不得宠的宫娥吗？不尽然，她还可以是一个不得志的才子，甚至是一个壮志未酬的志士。她期待的真的只是皇帝临幸吗？也不尽然，它还可以代指伯乐的青眼，乃至理想的实现。可是，这一切都是我们的想象，诗人什么都没说，甚至连美人、君王这样的词都没说，他只说罗袜，只说秋月。可是，正因为他什么都没说，什么都落不到实处，才让我们能够浮想联翩，这就是耐人寻味。清朝词人周济说："夫词，非寄托不入，专寄托不出。"所谓好诗，既要有寄托，又不要让人看出寄托，李白这首《玉阶怨》，不就是这样吗？

再说飘。所谓飘，就是飞扬。这也是李白最让人神往的精神气象。他受人怠慢，会说"宣父犹能畏后生，丈夫未可轻年少"；他被赐金还山，也会说"长风破浪会有时，直挂云帆济沧海"。他的眼睛永远向上，精神永远昂扬。这首《玉阶怨》也是如此。同样是宫怨诗，王昌龄那首备受推崇的《长信秋词》怎么写？"奉帚平明金殿开，且将团扇共徘徊。玉颜不及寒鸦色，犹带昭阳日影来。"何等沮丧、何等没落！它的气势是下沉的，真如寒鸦一般。

可你再看《玉阶怨》："玉阶生白露，夜久侵罗袜。却下水晶帘，玲珑望秋月。"怨自然是怨的，却收在"玲珑望秋月"上，一种既清高又执着的情感油然而生，这才是李白笔下的人物，或者说，这才是李白的精神！这种精神，不仅能表现在《将进酒》的豪迈上，也能表现在《玉阶怨》的玲珑中。能大能小，能伸能缩，这才是诗仙。

野旷天低树，江清月近人。

柳宗元《登柳州城楼寄漳汀封连四州刺史》

美人怨不宠，才人怨不用。爱情和事业，本来就是人类的共同追求，只不过因为古代社会的性别分工，爱情就成了女性的事业，而事业也成了男性的爱情。女性爱情受挫，就会有闺怨，那么，男性事业受挫，又会产生怎样的心情呢？

怨

登柳州城楼寄漳汀封连四州刺史

柳宗元

城上高楼接大荒，海天愁思正茫茫。

惊风乱飐芙蓉水，密雨斜侵薜荔墙。

岭树重遮千里目，江流曲似九回肠。

共来百越文身地，犹自音书滞一乡。

惊风：急风；狂风。

乱飐：吹动。

薜荔：一种蔓生植物，也称木莲。

文身：身上文刺花绣，古代有些民族有此习俗。《庄子·逍遥游》："越人断发文身。"

这首诗按照今天的说法，就是朋友圈群发。为什么这么说呢？看题目：《登柳州城楼寄漳汀封连四州刺史》。这是柳宗元登上柳州城楼，写诗寄给身处漳、汀、封、连四州的朋友。之所以寄给他们四个，是因为柳宗元和他们同属当年唐顺宗永贞革新的重要成员，永贞革新失败后又同时被贬为州司马，这一贬就是十年。好不容易到唐宪宗元和十年（815）被召回京师，没想到还是不见容于权贵，再度被发配边地。只不过这一次，他们的头衔都从州司马变成了州刺史，算是提升了级别。在这之中，柳宗元是柳州刺史，在今天的广西柳州；韩泰是漳州刺史，在今天福建漳州；韩晔是汀州刺史，在今天福建汀州；陈谏是封州刺史，在今天广东封川县；刘禹锡是连州刺史，在今天广东的连县，在当时都属于边荒之地。当年是携手共进的战友，此刻是患难与共的难友，同进同退、同喜同悲这么多年，这五个人绝对是世界上最惺惺相惜，也最同病相怜的朋友了。所以，柳宗元一到柳州，马上就给另外四位写信，写的就是这首《登柳州城楼寄漳汀封连四州刺史》。一首诗给四个人同时看，这不就是群发朋友圈吗？

写的什么呢？先看首联："城上高楼接大荒，海天愁思正茫茫。"诗人来到柳州，马上登楼远眺，只见一片荒凉，连天接海。面对此情此景，诗人的愁思也如海如天，茫茫无际。在中国古代，登楼本身就是一个重要意象，它往往意味着想要排遣内心的苦闷，结果却更加苦闷。比如建安七子之一，王粲在《登楼赋》中就说："登兹楼以四望兮，聊暇日以销忧。"可是登楼之后，四周美景尽收眼底，王粲不仅没有"销忧"，反倒发出了"虽信美而非吾土兮，曾何足以少留"的感慨。有家难归，有志难酬，这不是更加苦闷了吗？李白《宣州谢朓楼饯别校书叔云》也是一样。所谓"长风万里送秋雁，对此可以酣高楼"，诗人登楼喝酒，就是要借酒消愁，没想到"抽刀断水水更流，举杯消愁愁更愁"。这都是用的登楼意象。柳宗元这首诗也是如此。诗人来到岭南蛮荒之地，内心恓恓惶惶，不免想要登楼解闷。结果呢，看到周遭无边无际的荒凉，联想到自己看不到未来的人生，积郁的愁思不仅没有消解，反倒奔涌而出，弥漫于海天之间，这就是"海天愁思正茫茫"。这两句诗，愁苦是真愁苦，荒凉也是真荒凉，但是与此同时，气象也真辽阔，一点也不觉小气。而且，"海天愁思正茫茫"一出，整首诗的基调也就定了下来。那么接下来，诗人要怎样展现这无尽的愁思呢？

颔联："惊风乱飐芙蓉水，密雨斜侵薜荔墙。"这是诗人收回目光，看近景了。如果说远景是荒凉，那么，近景就是狂暴了。狂暴在哪里？在惊风，在密雨，在乱飐，在斜侵。所谓惊风，就是疾风；所谓密雨，就是暴雨。柳州属于岭南，本来就多风雨，诗人登楼之际，风雨大作。

只见疾风扫过荷塘，水浪翻滚，荷花凌乱；又见暴雨随风斜下，如鞭子一样抽打着爬满薜荔的山墙。这样的描写多传神呀，夏天的暴雨，不就是这个样子吗？问题是，作者只是在讲暴风骤雨吗？当然不是。他为什么不写别的植物，偏偏要写芙蓉和薜荔呢？因为芙蓉和薜荔都是琪花瑶草，是美的象征。屈原《离骚》说："制芰荷以为衣兮，集芙蓉以为裳。"又云："擥木根以结茝兮，贯薜荔之落蕊。"芙蓉与薜荔，象征着人格的美好与高洁。芙蓉出水，何碍于风，而惊风偏要乱飐；薜荔覆墙，何碍于雨，而密雨偏要斜侵。雨横风狂，红消翠减，让人情何以堪？这仅仅是在说眼前的风景吗？当然不是，芙蓉和薜荔，就是柳宗元他们这些单纯而充满理想主义的文人；密雨惊风，就是险恶的政治风暴！这样一来，这一联诗也就不是单纯地写景，而是景中有情、赋中有兴了。

看着眼前的风雨，想着自己的身世，诗人自然而然地联想到了处境相似的朋友们。一同贬官岭南的刘禹锡他们四位，此刻都怎么样了？诗人心驰远方，目光自然转向了诗题中所说的漳、汀、封、连四州。可是，"岭树重遮千里目，江流曲似九回肠"。抬头只见重峦叠嶂，树林茂密，遮断千里之目；俯瞰只见江流滚滚，曲折蜿蜒，有如九回之肠。无论是仰视还是俯视，无论是水路还是陆路，都无法看到朋友们的身影啊。这一联，用"江流"对"岭树"，用"九回肠"对"千里目"，用"曲似"对"重遮"，对得严丝合缝，真是工整。但是，《红楼梦》里，林黛玉教香菱学诗的时候不是说了吗？写对子，要"虚的对实的，实的对虚的"，才有味道。柳宗元这一联，不仅工整，还恰恰就是虚的对实的。"岭树重遮千里目"是实的，是山林遮住了视线，但是，"江流曲似九回肠"却是实中有虚。一方面，江流曲折，确实像九回之肠；另一方面，诗人遭此大难，故旧飘零，又何尝不是"肠一日而九回"呢！这样虚实相对，就显得尤为蕴藉，也尤为悲凉。

既然望而不见，那自然就会想到相互通信，来寄托相思了。可是呢？"共来百越文身地，犹自音书滞一乡。"既然是"高楼接大荒"，想来一定人烟稀少吧？既然是"岭树重遮千里目，江流曲似九回肠"，想来一定交通不便吧？还有，既然是"百越文身地"，一定是风俗迥异吧？在一个人烟稀少、交通不便而又风俗迥异，甚至言语不通的地区，不要说彼此来往，就是通信，也很难办到啊！其实，单单"犹自音书滞一乡"一句，已经是很大的悲剧了，更大的悲剧是什么？是之前的那句"共来百越文身地"。如果你们在长安，而我在柳州，山遥路远，音信不通也就罢了，可我们本来都在岭南，仿佛近在咫尺。或者说，如果我们本来是普通朋友，音信不通也就罢了，可我们偏偏是那么多年患难与共的挚友。近在咫尺，同病相怜的挚友却只能相望、相思而不能相见，更不能相互安慰、相互取暖，这不是更大的悲剧吗？所以这一联"共来百越文身地，犹自音书滞一乡"，既突出了整首诗的悲剧色彩，又呼应了诗题中的"登柳州城楼寄漳汀封连四州刺史"，让人觉得心思缜密，而又荡气回肠。

常常有人说，同样是被贬官，刘禹锡就不那么当回事，照样嬉笑怒骂，"前度刘郎今又来"；与之相比，柳宗元也显得太脆弱、太哀怨了吧。人和人的性格先天就不大一样，刘禹锡确实更豪迈，柳宗元确实更感伤。但是，我想跟大家分享一个柳宗元的英雄故事。本篇开头，我不是讲柳宗元被贬柳州，刘禹锡被贬连州吗？其实，更早的时候，朝廷因为刘禹锡那首玄都观桃花诗太锋芒毕露，太不服气，是想惩罚他的，要把他派到播州。播州就是现在贵州的遵义，当时可是一个著名的荒蛮之地，人到了那里，可谓九死一生。柳宗元知道了这个安排，流着眼泪说："播州非人所居，而梦得亲在堂，吾不忍梦得之穷，无辞以白其大人；且万无母子俱往理。"当年，柳宗元被贬永州司马，他的老母就死在永州，现在，他不忍心让刘禹锡再遭同样的厄运。

怎么办呢？就是这个经常哀怨、貌似脆弱的柳宗元慨然上书朝廷，要求以柳易播，让刘禹锡到柳州，自己替他到播州，虽死不恨。柳宗元这番义举感动了当时的朝廷大员，这才把刘禹锡改派连州。这件事就记载在韩愈所写的《柳子厚墓志铭》里。我一直以为，能在生死之际做出这样选择的柳宗元是真正的英雄，我也一直认为，《柳子厚墓志铭》是中国历史上最好的墓志铭，没有之一。

无情有恨何人觉，月晓风清欲堕时。

李商隐《蝉》

　　蝉的特性有三个，一个是高居树上，一个是餐风饮露，还有一个是嘶鸣不已。这三个特性其实都是蝉的生物天性，并无特殊含义，但是，多情善感的诗人却把自己的人生况味附加上去，让蝉的每个特性都自带品格，令人感慨。什么品格呢？对于餐风饮露，大家的想象都非常一致，就是高洁。无论是虞世南的"垂緌饮清露"还是骆宾王的"无人信高洁"都是如此。但是，对于蝉鸣，每个人的感觉就不一样了。虞世南的蝉，是"流响出疏桐"，不求闻达而自然闻达；骆宾王的蝉则是"风多响易沉"，尽管嘶鸣不已，却终究斗不过风声。而对于蝉高居树杪这个特性，每个人的解说也不相同。对于虞世南，那是"居高声自远"；骆宾王呢，虽然并没有特别提到这件事，但是，既然"露重飞难进，风多响易沉"，看来大树也绝非蝉的庇护所。晚唐最有成就的诗人之一李商隐也有一首咏蝉诗，他又会赋予蝉怎样的情感呢？

蝉

李商隐

本以高难饱，徒劳恨费声。

五更疏欲断，一树碧无情。

薄宦梗犹泛，故园芜已平。

烦君最相警，我亦举家清。

高难饱：古人认为蝉栖于高处，餐风饮露，故说"高难饱"。

恨费声：因恨而连声悲鸣。

疏欲断：指蝉声稀疏，接近断绝。

所谓"本以高难饱，徒劳恨费声"，这是以蝉起兴。蝉本来就因为栖身高树而难以吃饱，却还要拼命嘶叫，当然终属徒劳。这里有趣的是"恨"字。谁恨？当然是蝉。恨什么？恨自己白白浪费叫声，却并无所得。只是恨自己吗？当然不是。它还怨恨这世界无情，并不理会它的叫声。这真的是描摹蝉吗？蝉就是那样的生物，它靠吃树的汁液生活，栖身大树，不会让它吃不饱。蝉鸣是为了求偶，既不徒劳，更不可能有恨意。诗人这样写，是不是思之过深了？又不是。在咏物诗里，物只是诗人借题发挥的对象。诗人就是要借助所咏之物的特性，来抒发自己的感情。蝉的特性就是"高"和"费声"。诗人只需要就这两个特性发挥就可以了。对于诗人来说，这高不是树高，而是清高。诗人因为清高，不合流俗，自然难以获得理想的生活，这不就是"本以高难饱"吗？"费声"也不是蝉绵绵不绝的嘶鸣，而是诗人不停地吟诗作赋，甚至是不停地向当道者自荐陈情，可这些努力全属徒劳，这种徒劳感让诗人恨自己，也恨这冰冷的世界，这是一种怎样的不得志，怎样的郁郁难平呀！这种感情不属于蝉，它属于诗人。这其实也正是咏物诗的妙处，就特性而言，它是属于物的，但是，就情感而言，它又必须属于人。人情和物性，就这样完美地结合在了一起。

律诗讲起承转合。首联讲蝉栖高树，徒劳费声，这是起。那颔联呢？颔联的功能是承，所以接着"费声"往下写："五更疏欲断，一树碧无情。"这一联，历来称为追魂之笔，绝妙好词。绝妙在哪里呢？先看"五更疏欲断"，五更，是天快亮的时候。蝉本来没有吃饱，又叫了一夜，到这个时候，声音已经是断断续续，难以为继了。这句写得非常悲情，但还不令人叫绝。真正令人称叹的，是下一句"一树碧无情"。尽管蝉鸣欲断，但大树照样在天光的照耀下露出苍翠之色，这是何等冷漠、何等无情啊！如果仅仅从逻辑的角度考虑，这不是非常无理吗？蝉声是断还是续，和树是绿还是黄又有什么关系呢？但是，这不是科学论文，而是咏物诗。咏物诗中的重点，永远不是事物本身，而是人附加在事物上的感情。就蝉而言，树当然既谈不上有情，也谈不上无情。但是，对于以蝉自比的诗人而言，他所托身的大树，或者说，他所寄托希望的有势力者，却可以有情，也应该有情。他们本来不应该对诗人的撕心裂肺无动于衷，但是，他们居然就那么无动于衷。所谓世情薄、人情恶，不就体现在这"一树碧无情"之中吗？所以说，这"一树碧无情"貌似无理，但是从人情的角度体味，又是那么人情入理。《红楼梦》里，香菱学诗的时候不是说过吗？"据我看来，诗的好处，有口里说不出来的意思，想去却是逼真的。有似乎无理的，想去竟是有理有情的。"香菱的这番体味，正是对"五更疏欲断，一树碧无情"的最好注解。

　　首联起，颔联承，颈联该转了。转到哪里呢？从蝉转到人了："薄宦梗犹泛，故园芜已平。"到这一步，诗人已经抛开咏蝉的外衣，直面自己的人生悲剧。什么样的悲剧呢？先看"薄宦梗犹泛"。所谓"薄宦"，自然是指官小位卑。那"梗犹泛"是什么意思呢？这里用的是《战国策》里的一个典故。河边有一个泥人和一个桃木做的木偶人。木偶人讽刺泥人说，你本来不过就是河西岸的土，被人捏成一个泥人而已。到八月的时候，天降大雨，河水暴涨，你被水一冲，还不是又成了一摊烂泥！泥人反唇相讥道，我本来就是河西岸的土，河水一冲，还是回到西岸当土，有什么了不起！而你呢？本来是东方的一根桃树枝，人们把你雕成一个人形，到八月大水下来的时候，我倒要看你漂到哪里去？什么意思呢？泥人还有来路、有去向，而桃树枝，也就是桃梗，却只能随波逐流，漂泊不定。在这里，诗人用这桃梗的典故，真是无限感慨。自己当着一个小官，每天装模作样，何尝不像那个摇头摆尾的木偶人！自己为了衣食东奔西走，前途渺茫，又何尝不像那个漂泊无依的桃梗！既然如此，为什么不弃官回家呢？陶渊明当年做官不得志，不是吟诵着"归去来兮，田园将芜胡不归"，辞官归隐了吗？可是，诗人既然自比桃梗，就说明已经无家可归了。为什么呢？因为"故园芜已平"。田园早已荒废，家业早已荡然。一枝已经砍下的桃枝，本来就无法再回到桃树，何况连桃树也早就连根拔起了呢！"薄宦梗犹泛，故园芜已平"，官固然是难做下去，家更是回不去，这样的人生，何等悲凉啊。其实，这不是李商隐一个人的悲凉，而是唐朝平民知识分子的普遍悲剧。他们不像魏晋南北朝时期那些贵族文人，在朝廷里有势力，在家乡还有产业。进可攻，退可守，人生可以活得潇潇洒洒。他们出自寒门小户，做官无背景，生活无保障。他们有才华，就像蝉有歌声；他们渴望得到有力者的庇护，就像寒蝉依赖大树。但是，他们往往又清高，低不下头，放不下身段，撇不开原则，看不透时局，所以又被有力者抛弃。他们痛恨"一树碧无情"，却又没有退路，无可奈何。"薄宦梗犹泛，故园芜已平"，这进退失措背后，有多少时代和人生的辛酸啊！

全诗由蝉到人，写尽不堪，那怎么结尾呢？看尾联："烦君最相警，我亦举家清。"尾联的作用是合。合到哪里呢？还合到蝉上去。这蝉，已经不是自然之蝉，而是拟人之蝉，是"君"。以君对我，是同病相怜，更是同声相应。蝉之难饱恰如我之薄宦；蝉之面对无情碧树，恰如我之面对凉薄世道，这是同病相怜的部分。但是，这不是重点。重点是什么？重点是，蝉明明知道高难饱，还是要登高；我明知清高会受挫，也还是要清高，这才是真正的物我一体，同声相应。既然如此，蝉之嘶鸣，就仿佛在提醒我坚守清贫、坚守清白，而我也慨然呼应。"烦君最相警，我亦举家清"，这种困境中的坚守，哀婉中的不屈，不正是诗人的志气和操守吗？诗写到这里，境界一下子就升华了。

很多人都知道，李商隐经历坎坷，潦倒终生。他早年丧父，为了撑持门户，不得不给人抄书度日。但与此同时，他又是个神童，五岁诵经书，七岁弄笔砚，十五六岁就名扬天下。这样的才华让他被很多人看好，也让他在有意无意之中卷入了当时著名的官场内斗——牛李党争之中。他跟两派都有关系，其结果不是两派都提携他，而是两派都打击他，而他也最终成为两派斗争的牺牲品。这样的人生悲剧，让李商隐的诗往往笼罩着悲凉的色彩，比如"五更疏欲断，一树碧无情"。但是，尽管如此，李商隐从未失去底线，从未失去士人风骨。孟子说："无恒产而有恒心者，惟士为能。"所谓"烦君最相警，我亦举家清"，不就是属于士人的恒心吗？

时人不识凌云木，直待凌云始道高。

李白《登金陵凤凰台》

　　这本书以崔颢开头，自然应该以李白作结。为什么？因为崔颢和李白之间有一桩公案——黄鹤楼。很多人都知道，唐朝的诗人有到处游览、信笔题诗的习惯，既借景抒情，又以文会友，一举两得。所以，当时的风景名胜，往往都有若干人吟咏。你题一首，我和一首，透着风雅，也带着较量。就在这种背景下，崔颢来到黄鹤楼，大笔一挥，飘然而去。

　　过了几年，李白也来到了黄鹤楼。登楼远眺，他正要大笔一挥，却看到了"昔人已乘黄鹤去，此地空余黄鹤楼。黄鹤一去不复返，白云千载空悠悠"。诵读一遍之后，诗仙李白就此搁笔，这一次，他认输。不过，自从黄鹤楼搁笔之后，李白就惦记上这件事了，他是真喜欢那首《黄鹤楼》，也真想和崔颢一较高下。何以见得呢？李白后来有两首仿写的作品都流传了下来，一首是《鹦鹉洲》："鹦鹉来过吴江水，江上洲传鹦鹉名。鹦鹉西飞陇山去，芳洲之树何青青。烟开兰叶香风暖，岸夹桃花锦浪生。迁客此时徒极目，长洲孤月向谁明。"句式、结构几乎和《黄鹤楼》一模一样，算是不加掩饰，赤裸裸的致敬之作。还有一首就是《登金陵凤凰台》，虽然也是致敬之作，但是也有相当大的不同。

登金陵凤凰台

李白

凤凰台上凤凰游，凤去台空江自流。

吴宫花草埋幽径，晋代衣冠成古丘。

三山半落青天外，二水中分白鹭洲。

总为浮云能蔽日，长安不见使人愁。

凤凰台：在金陵凤凰山上。

吴宫：三国时孙吴曾于金陵建都筑宫。

晋代：指东晋，南渡后也建都于金陵。

衣冠：指的是东晋文学家郭璞的衣冠冢。

　　先看题目,《登金陵凤凰台》。凤凰台是金陵城西南角的一处小山,本来没有什么稀奇之处,但是,南朝刘宋元嘉十六年（439）,有三只神鸟飞到山间,这三只神鸟都五色斑斓,模样有点像孔雀,但叫声特别悦耳,旁边还有百鸟云集,上下翻飞,人们都说,这就是凤凰。凤凰是大祥瑞,所以当时就把这座无名小山命名为凤凰山,上面又搭了个台子,叫凤凰台,真可谓"山不在高,有仙则名"。这样看来,凤凰台和黄鹤楼一样,都有一段缥缈的神仙传说,容易让人触景生情。但是,黄鹤楼和凤凰台也有一个巨大的不同。不同在哪儿呢？黄鹤楼前面若是要冠一个地名,应该写武汉,或者按照唐朝的说法,叫江夏。而凤凰台冠的地名是什么？是金陵,也就是今天的南京。金陵可不是一般的城市,那是六朝古都,自带了一种历史沧桑感。所以,这首《登金陵凤凰台》和《黄鹤楼》的基调应该不一样。是不是呢？

　　看首联："凤凰台上凤凰游,凤去台空江自流。"这一联相当于崔颢《黄鹤楼》的前四句:"昔人已乘黄鹤去,此地空余黄鹤楼。黄鹤一去不复返,白云千载空悠悠。"都是登临之后的即景抒情。崔颢是四句诗出了三次黄鹤,李白则是两句诗出了三次凤凰。崔颢是用四句诗来表达鹤去楼空的感慨,李白则是两句诗就写出了凤去台空的惆怅。崔颢更闲适潇洒,有一种水流花落之趣,但李白更凝练,也更深沉。深沉在哪里呢？元嘉年间，正是刘宋政权最强盛的时刻，在历史上号称元嘉之治，所以当时有凤凰来集。但是后来，凤去台空，刘宋也罢，南朝也罢，或者说，整个六朝繁华，哪个不是风流总被雨打风吹去！江山易主，人事代谢，只有台下江水，依旧滚滚东流，这是何等令人感慨呀！所以说，起首一联，流畅归流畅，但已经蕴含了一种深沉的沧桑之感。

接下来呢？"吴宫花草埋幽径，晋代衣冠成古丘。"这其实是在衔接首联的情感，具体讲了两个时代的兴衰。当年，吴国建都金陵，那时候，宫里到处都是莺声燕语、瑶草琪花。可是现在，站在凤凰台上再望过去，吴宫在哪里？花草在哪里？都已经成为荒垄幽径了！东吴过去了，东晋又在这里建都。东晋时期，多少簪缨世族，多少玉堂人物！可是如今呢？不也只剩一堆荒凉之冢，几处无主之坟！这就是《红楼梦》中《好了歌》所唱的："古今将相在何方？荒冢一堆草没了。"人生短暂，世事无常，这也正是人们在看古迹的时候，最常有的感慨吧。需要说明的是，有些人把"晋代衣冠成古丘"中的"衣冠"解释成东晋著名学者，也是著名风水家郭璞的衣冠冢，说当年郭璞赫赫有名的衣冠冢，如今已成一段荒丘。可不可以呢？虽说诗无达诂，不免见仁见智，但是我认为，在这一联诗中，衣冠对应的是花草，如果说花草代表吴宫的华美，那么，衣冠就应该代表东晋的风流，这样一来，把衣冠作为集体名词理解，远比解释成一个具体人物要大气开阔。所以我认为，所谓"晋代衣冠成古丘"，应该是说，豪门贵胄、王谢人家，都已经成为一堆荒冢，无影无踪了。

首联即景起兴，颔联书写历史沧桑，那颈联呢？"三山半落青天外，二水中分白鹭洲。"一下子，从低头沉思历史，转为放眼大好河山。三山，是三座彼此相连的小山，当时就在金陵城西南的长江边上，离金陵城有五十多里。诗人从凤凰台上极目远眺，看见远处的三山渺渺茫茫，若隐若现，和青天连在一起，仿佛有一半已经落在青天之外；再往下看，白鹭洲横截于长江之中，把滚滚长江分成两道白练。这就是"三山半落青天外，二水中分白鹭洲"。这一联多工整啊。三山对二水，是数字相对；青天对白鹭，是颜色相对；半落对中分，更是妙不可言的动作相对。工整之外，还有雄壮。所谓"三山"其实不过是三座小丘陵，白鹭洲也只是江中一个小小的沙洲，但是，让李白写来，三山和青天融为一体，白鹭洲又把长江劈为两半，一种浑雄浩大的气象扑面而来，这里不仅有山水的力量，更有诗仙李白的力量。金陵城里固然是"人事有代谢，往来成古今"，但是，金陵城外，却还是青山常在、绿水长流，这一联诗，写景阔大，让人的眼界心胸都一下子开阔起来。开阔意味着什么呢？

　　看尾联："总为浮云能蔽日，长安不见使人愁。"视野开阔之后，诗人看得更远了。他从金陵，一直看向了长安。他看到了吗？并没有看到。他说："总为浮云能蔽日，长安不见使人愁。"那天上的浮云遮住了太阳，也遮住了诗人西望的视线，长安城看不见了，诗人也忧愁起来了！诗人真的是在看长安城吗？当然不是，他是在遥望大唐帝国的行政中心，遥望着当朝皇帝，无论何时，无论何地，他从没有放弃过得君行道、大展宏图的梦想！但是，无论怎样眺望，他还是看不到长安，看不到皇帝，也看不到施展才华的机会。他看不到，真的是因为浮云遮住了太阳吗？当然也不是。西汉政治家陆贾《新语·慎微篇》说："邪臣之蔽贤，犹浮云之障日月也。"是邪恶的小人遮蔽了诗人的光芒，隔断了诗人和皇帝，让诗人报国无门了！也有人说，把浮云蔽日理解为小人包围了皇帝，可不可以？当然也讲得通。无论取哪一种理解，诗人的心情都是一样的沉重。崔颢《黄鹤楼》的尾联是"日暮乡关何处是，烟波江上使人愁"，那是一缕怀乡之愁；李白《凤凰台》的尾联是"总为浮云能蔽日，长安不见使人愁"，则是一腔忧国之愁。北宋大臣范仲淹说："居庙堂之高则忧其民，处江湖之远则忧其君。"李白未曾真的当过大臣，但他忧愁的心情与范仲淹并无两样。所以古人评价这两首诗的时候才会说，前六句，李白还是不如崔颢自然，但是结尾一联，爱君忧国，深沉慷慨，足以为崔颢之劲敌。

崔颢的《黄鹤楼》是高而飘的，真如黄鹤翩跹；而李白的《凤凰台》却是沉而且雄，有如大江奔流。人生也罢，诗歌也罢，不正应该如此吗？飞上天时，别忘了俯瞰大地；踩在地上，也能够仰望星空。把喜怒哀乐怨都尝一遍吧，那才是唐诗，那才是人生。

图书在版编目（CIP）数据

蒙曼品最美唐诗：人生五味 / 蒙曼著 . — 杭州：
浙江人民出版社，2018.12（2022.11 重印）
　　ISBN 978-7-213-09067-7

　　Ⅰ . ①蒙… Ⅱ . ①蒙… Ⅲ . ①唐诗—诗歌欣赏 Ⅳ .
① I207.227.42

　　中国版本图书馆 CIP 数据核字（2018）第 273196 号

蒙曼品最美唐诗：人生五味
MENGMAN PIN ZUIMEI TANGSHI：RENSHENG WUWEI

蒙　曼　著

出版发行	浙江人民出版社（杭州市体育场路 347 号 邮编 310006）	
责任编辑	钱　丛　徐　婷	
责任校对	戴文英	
电脑制版	顾小固	
印　　刷	北京盛通印刷股份有限公司	
开　　本	880 毫米 ×1230 毫米　1/32	
印　　张	9.5	
字　　数	170 千字	
版　　次	2018 年 12 月第 1 版	
印　　次	2022 年 11 月第 10 次印刷	
书　　号	ISBN 978-7-213-09067-7	
定　　价	48.00 元	

如发现印装质量问题，影响阅读，请与市场部联系调换。
质量投诉电话：010-82069336